Paul Scheffer-Biochorst

Herr Bernhard von der Lippe als Ritter, Mönch und Bischof

Paul Scheffer-Biochorst

Herr Bernhard von der Lippe als Ritter, Mönch und Bischof

ISBN/EAN: 9783743390904

Hergestellt in Europa, USA, Kanada, Australien, Japan

Cover: Foto ©Raphael Reischuk / pixelio.de

Weitere Bücher finden Sie auf **www.hansebooks.com**

Herr
Bernhard von der Lippe

als

Ritter, Mönch und Bischof.

Von

Dr. Paul Scheffer-Boichorst

in München.

Aus der Zeitschrift für vaterl. Geschichte und Alterthumskunde Westfalens 29. Band besonders abgedruckt.

Münster,
Druck und Verlag von Friedrich Regensberg.
1871.

Daß doch der Nachruhm auch der Größten stets von zeitgenössischer Feder bedingt ist! Denn Nichts ist endlicher, als das Gedächtniß der Menschheit, die nur für Gegenwart und Zukunft lebt. Gar bald vergaß sie ein Wirken, dessen Segnungen noch fernen Geschlechtern zu Gute kommen; noch kürzere Zeit gedenkt sie des Helden, der sie einst durch seine Thaten in Erstaunen setzte. Im günstigsten Falle ist es eine Sage, welche im Gedächtnisse der Menschheit nachklingt. Selten ist sie im Stande, die Geschichte aufzuhellen; die dunkelste und verworrenste Erinnerung, ist sie nur zu geeignet, selbst zu verdunkeln und zn verwirren. Vor ihrem Halbdunkel oder vor gänzlicher Vergessenheit rettet eben nur das geschriebene Wort der Zeitgenossen, welches auch der späteste Enkel noch vernehmen kann.

Westfalen hat keine mittelalterliche Geschichtsschreibung. Von unserer Vorzeit darf man vielleicht sagen, daß sie zu thaten, nicht zu schreiben liebte. Außer den Urkunden, welche uns von frommen Stiftungen, von Rechtshändeln und Verträgen melden, über Familienverhältnisse und die Lebenszeit einzelner Personen unterrichten, sind wenige Nachrichten das einzige geschriebene Vermächtniß unserer Vorzeit. Erst an den Grenzen des Mittelalters, als die Lust zum Thaten abnahm, scheint die Lust zum Schreiben erwacht zu sein.

So mag denn mancher Held, manch' wichtiges Ereigniß unserer nächsten Heimat vergessen oder in Sage verhüllt sein. Nur wenn unsere Helden aus dem engen Kreise der Heimat heraustraten und auch solche Gegenden, wo die Geschichtsschreibung eine Stätte gefunden, mit ihrem Ruhen erfüllten, ist ihr Andenken, wenn auch in keinem vollen Lebensbilde, so doch in abgerissenen Zügen der Nachwelt erhalten.

Einen zeitgenössischen Biographen hat auch Herr Bernhard nicht gefunden. Dann ist er zwar glücklicher gewesen, als irgend ein anderer Held, dann hat er zwar einen Sänger seines Ruhms gefunden; als aber der lippstädter Magister die Silben des Pentameters wog, da war schon ein Jahrhundert seit der Jugend, ein Menschenalter seit dem Tode des Besungenen vergangen. Wohl sprach man noch von dem Helden und Gottesmanne; daß ihn jetzt noch Jemand im Gedichte feiern wollte, ist eben das beste Zeugniß seines Nachruhmes. Aber die Erinnerung der einzelnen Thaten, welche diesen Nachruhm begründeten, war geschwunden oder doch erblaßt. Daher klagt denn auch Justin, obwohl er doch des Helden engster Landsmann war: „Er könne über die Thaten des Mannes, die ihm nicht hinlänglich bekannt, nur Weniges erzählen, denn nur Weniges habe er aus dem Munde der Menschen erfahren".

Gewiß konnte er den dürftigen Stoff der Ueberlieferung noch um Dieses oder Jenes bereichern, wenn er sich auf eine mehr wissenschaftliche Forschung einließ. Aber das Material über vergangene Zeiten mühsam aufzusuchen, war ja so seltene Sache mittelalterlicher Geschichtschreiber. Ein Dichter mochte sich mit solcher Arbeit erst recht nicht befassen. Viel lieber belebt er das Gegebene durch seine Phantasie; mag er auch keine Thaten erdichten, durch reiches Beiwerk kann er doch den Mangel der Ueberlieferung verdecken. So versuchte es auch Justin: einem Cicero möchte er es an Wohlredenheit, einem Virgil im Rythmenschwunge gleichthun: der Treue und

Mannigfaltigkeit mühsam gesammelter Geschichten, wofür die klassische Litteratur doch auch Vorbilder bietet, hat er nicht gedacht. Er begnügt sich eben den Inhalt einer armen Sage auf dem Grunde einer reichen Scenerie zu malen: zu Schilderungen von Festlichkeiten, zu Betrachtungen über menschliche Wechselfälle, zu Erdichtungen von Gesprächen und Gebeten hat er seine Zuflucht genommen.

Durch solche Mittel hat Justin ein Gedicht zu Stande gebracht, das zwar sein Formtalent, am Muster der Alten gebildet, ja sogar eine gewisse Dichtergabe bekundet. Doch den Geschichtsschreiber wird es immer unbefriedigt lassen: wenn es auch einzelne schätzenswerthe Nachrichten bringt, über Bernhards Leben würde es kaum einen dürftigen Ueberblick gewähren [1]). Glücklicher Weise ist unsere Ueberlieferung

---

[1]) Justin's Werk — das Lippeflorium — wurde zuerst herausgegeben vom ältern Meibom zusammen mit Hormanni de Lerbecke Chron. com. Schauenb. Francof. 1620. Dieser Druck wurde wiederholt in des jüngern Meibom Scriptt. rer. Germ. (Helmst. 1688) I. 578—596. Wo ich Verse des Justin anführe geschieht es nach einer Vergleichung des Meibom'schen Textes mit einer Handschrift saec. 16 der detmolder Bibliothek, die mir Herr Geh. Justiz-Rath Preuß gütigst zur Benutzung überließ. Betreffs der Zählung meiner Verse bemerke ich, daß ich zunächst die Verse 240 und 245 nur als einen Vers, als Vers 240 zähle; denn offenbar war einer von beiden eine Randbemerkung und bestimmt, den anderen zu ersetzen. Dasselbe gilt von dem, auf den (331. jetzt) 330. Vers folgenden Distichon, das übrigens bei Meibom fehlt. Dann aber sind bei Meibom zu ergänzen: je zwei Verse nach dem (683. jetzt) 682. und nach dem (767. jetzt) 768., endlich vier Verse nach dem (957. jetzt) 960. Somit kommen 8, bezüglich 7 zu dem Meibom'schen Texte hinzu. Dafür sind wieder nur je als zwei Verse zu zählen: die Verse von 995 bis 999 und 1000 bis 1003, die ich also mit 1003 bis 1004 und 1005 bis 1006 bezeichne. Mit (1017 jetzt) 1020 würde ich das Gedicht schließen; die detmolder Handschrift hat hier ein Amen; die drei folgenden Verse, hinter welchen freilich gleichfalls ein Amen steht,

nicht auf Justins Gedicht beschränkt. Herr Bernhard hat eben die Grenzen Westfalens überschritten; auf anderen Schlachtfeldern hat er sich Ruhm erworben, in anderen Ge-

lassen sich denn auch, soweit ich sehe, in keinen vernünftigen Zu: sammenhang mit den vorausgehenden Versen bringen: sie werden gleichfalls vom Dichter bestimmt sein, andere Verse des Gedich: tes zu ersetzen; da ihm am Rande der Raum fehlen mochte, schrieb er dieselben an den Schluß des Gedichtes, um ihnen bei einer neuen Abschrift den rechten Platz anzuweisen. Einem Ab: schreiber ist dann dieser Entwurf Justins in die Hand gefallen und, wie er die Randbemerkungen, die bestimmt waren, andere Verse zu ersetzen, ohne die nöthige Streichung der anderen Verse in den Text aufnahm, so schrieb er auch hier wohl die Ersatzverse ohne weiteres Nachdenken an den Schluß des Ganzen, wo er sie gefunden hatte, ein nochmaliges Amen hinzufügend.

Als ich meine Abhandlung bereits abgesandt hatte, ging mir eine neue Ausgabe zu: „Des Magisters Justinus Lippiflorium. Nebst Erörterungen und Regesten zur Gesch. Bernhard II. von der Lippe.... von Dr. Ed. Winkelmann". Riga 1868. (Sonderabdruck aus den Mittheilungen zur livländ. Geschichte). Ohne die aus den lippischen Regesten von Preuß und Falkmann bekannte detmolder Handschrift zu benutzen, beschränkt Winkelmann sich auf einen Wiederabdruck des Meibomschen Textes, welchen er aber hier und dort zu verbessern sucht, oft auch wirklich ver= bessert, aber nicht immer verbessert, wo sich die Verbesserungen doch leicht ergaben. So liest Meibom v. 555: nunc ad materiae digressu coepta resumam; Winkelmann: nunc ad materiae digressum etc., während doch offenbar zu lesen ist: nunc a ma- teriae digressu etc. Ebenso ist v. 656 habet in tabet statt in habet verändert, in dem nur fünffüßigen v. 418 ist zwischen mihi und satis ein magna ausgelassen; dann v. 703 ist nach mihi ein fili zu setzen; in v. 829 sollte es est statt et heißen. Geradezu verschlechtert sind v. 113 u. 114, die bei Meibom lauten:
.... aurea vasa propinant
vīna: liquor nullus clarior esse potest.
Daraus macht Winkelmann ohne ersichtlichen Grund
.... aurea vasa propinant:
vīno liquor etc. —
Nicht weniger ist es eine Verschlechterung, wenn Winkelmann

genben hat er später eine friedlichere Wirksamkeit entfaltet.
So hat er die Aufmerksamkeit auswärtiger Schriftsteller erregt: mehr als Einer hielt es der Mühe werth, uns von ihm zu erzählen; aus Sachsen und Thüringen, aus Livland und vom Rheine, ja aus Frankreich empfangen wir Nachrichten über den westfälischen Helden. Dazu kommen zahlreiche Urkunden, die sein Wanderleben, sein Verhältniß zu den Bischöfen und einzelnen Klöstern des Landes, aber auch seine eigene Thätigkeit bezeugen. Erst dadurch vermögen wir, die Lücken auszufüllen, ein vollständigeres Bild seines Lebens zu zeichnen [2]).

---

v. 890 anstatt dātūs, was dem Verse entspricht, nātūs liest. Und so ließe sich noch manches berichtigen.

[2]) Von älteren Arbeiten absehend, erwähne ich hier zwei neuere Schriften über Bernhard, welche sich beide als »Lebensbilder« bezeichnen, beide vorwiegend ein größeres Publicum in's Auge fassen: K. E. Napiersky Graf Bernhard von der Lippe (Sonderabdruck aus dem Riga'schen Almanach für 1858), und A. Hechelmann Hermann II., Bischof von Münster, und Bernhard II, Edelherr zur Lippe. Münster 1866, S. 89—153. Eigentlich gelehrte Bedeutung haben die Lippischen Regesten von O. Preuß und H. Falkmann (4 Bde. Lemgo und Detmold 1860—68). Hier ist für die lippische Geschichte bis 1500 ein sicherer Grund gelegt; kein anderes deutsches Land besitzt ein so umfassendes, vortreffliches Werk. Einzelne Fehler können gegen die Menge des gut bearbeiteten Materiales gar nicht in Betracht kommen. Weniger befriedigt mich Winkelmann, der seiner oben genannten Ausgabe des Lippiflorium außer Regesten auch »Erörterungen zur Geschichte Bernhards« beigefügt hat a).

a) Herr Dr. Scheffer-Boichorst sandte uns nachträglich noch eine eingehende Kritik der Winkelmann'schen Arbeit, welche die vierte Beilage zu dieser Abhandlung bilden sollte. Es schien uns jedoch für unsere Leser übersichtlicher, wenn die gegen Herrn W. erhobenen Ausstellungen sofort an den betreffenden Stellen unter dem Texte vorgetragen würden. Daher haben wir im Einverständniß mit dem Herrn Verfasser seine Ausführungen unter die Anmerkungen vertheilt. Die Redaction.

Bernhard als Ritter.

Mit dem zwölften Jahrhundert lichtet sich das Dunkel, welches die Anfänge des lippischen Hauses verhüllt ¹). Am

---

¹) Zwar behaupten Seibertz Landes und Rechtsgeschichte des Herzogthums Westfalen 1,ᵇ 368 und Falkmann Beiträge zur Geschichte des Fürstenthums Lippe 1, 10 flg., daß die Lipper von dem Stifter des Klosters Geseke abstammen. Da aber dieses Kloster von Haholb und dessen Geschwistern Bruno, Friedrich und Wigburg gegründet war, quatenus predicta Vuicpurahc illud ecclesinstico possideret iure usque ad vitae illius obitum et postea, quamdiu in eodem monasterio de ipsius antedicti Iloholdi progenie aliqua huiusmodi honoris digna inveniatur, nequaquam alia cligatur; ac si nulla — de cadem genealogia in eodem monasterio ad prefatum honoris promoveatur gradum femina, tunc potestatem habeant de alia inter se nutrita stirpe eligendi abbatissam; et si iterum de pretitulati Iloholdi radice aliqua revirescit mulier in antedicto monasterio nutrita, — potestative possideat monasterium; da es ferner 1015 von der Enkelin Haholbs heißt, sie habe als Äbtissin das bisher selbstständige Kloster der kölner Kirche übertragen: cognationis suae, quae huic praedicto loco pracesse potuerit in se finem conspiciens, so hat es nicht augenblicklich an weiblichen Nachkommen Haholbs gefehlt, sondern die bamalige Äbtissin war für jetzt und immer die Letzte ihres Stammes. Dabei mochte sie immerhin verheirathete Schwestern und Schwesterkinder oder, falls sie selbst verheirathet gewesen, Kinder und Kindeskinder haben, denn dadurch wurde natürlich nicht der Stamm Haholbs fortgesetzt, nicht die cognatio, quae huic praedicto loco praeesse potuerit. Aber ihr mit Seibertz und Falkmann einen Bruder und diesem einen Sohn geben, steht mit dem Obigen in schroffstem Widerspruche. Daraus folgt: wenn im Jahre 1024 ein „nepos" der Äbtissin als Vogt von Geseke erscheint, so mag man das Verwandschaftsverhältniß wie immer deuten, nur soll man nicht mit Seibertz und Falkmann ihn für einen Brudersohn der Äbtissin halten. — Aber sind nun auf diesen Vogt von Geseke, den nepos der Äbtissin, die Edelherren von der Lippe zurückzuführen? Als Beweis macht man geltend, daß der Name Bernhard

17. Juni 1113 bezeugen die Herren Hermann und Bernhard eine Urkunde des Abtes von Korvey²); noch fehlt der Geschlechtsname, aber unzweifelhaft sind die nachmals so oft begegnenden Brüder von der Lippe gemeint²). Erst nach einem Jahrzehnt finden wir die nächste Erwähnung und damit den Geschlechtsnamen: Herr „Bernhard von der Lippe" erlaubt einer Nonne Helmburg, die unter seiner Vormundschaft stand, dem Kloster Heerse vier Hufen Landes zu schenken. Er selbst eröffnet die Reihe der Edlen, welche die Schenkung am 5. März bezeugen³). Zwei Jahre später möchten beide Brüder zu Münster gewesen sein; wenigstens erscheinen unter einer Urkunde, welche damals Bischof Theodorich für das Kloster Kappenberg ausstellte, in unmittelbarer Aufeinanderfolge: die Edlen Bernhard und Hermann⁴).

---

auch im lippischen Hause sich finde, und daß die Lipper um 1300 als Vögte von Geseke erscheinen. Doch der Name Bernhard findet sich in manchen Häusern und nach dem Aussterben der männlichen Nachkommen Haholb's, denen die Vogtei vorbehalten war, konnte diese durch manche Hände wandern, ehe sie dauernd an Ein Geschlecht kam.

²) Nachträglich bemerken Preuß und Falkmann Lipp. Reg. II. 4: «Man wird sogar mit einigem Grunde annehmen dürfen, daß auch die in einer Urkunde des Abtes Erkembert zu Corvey vom 16. Juni 1113 bei Falke Cod. trad. Corb. 212 als testes nobiles genannten Bernhardus et Hermannus fratres — mit den Brüdern (von der Lippe) identisch sind». Zunächst ist zu bemerken, daß die Erwähnten in der angezogenenen Urk. gar nicht genannt werden; es geschieht vielmehr in der Urk. vom folgenden Tage Falke Cod. trad. Corb. 406. Dann ist es zu wenig gesagt: «Mit einigem Grunde». Denn 1. finden sich in westfälischen Urkunden des 12. Jahrhundert keine anderen Gebrüder und Edle Bernhard und Hermann; 2. erscheinen die Lipper auch später in korveyer Urkunden, und scheint wenigstens der Eine sogar ein korveyer Lehnsmann gewesen zu sein. Vgl. Anm. 20.

³) Lipp. Reg. Nr. 42.

⁴) Cod. dipl. Westf. I. 149. — Ich weiß nicht, weshalb die Ver-

Ebenso finden wir dieselben am 15. August 1128 zu Paderborn⁵); dorthin sind sie am 11. April 1129 zurückgekehrt: als Bernhard von der Lippe und sein Bruder Hermann, bezeugen sie eine bischöfliche Urkunde⁶). In demselben Jahre begegnen sie wiederum beim Bischofe von Münster⁷). Dann verschwinden si: aus unserem Gesichtskreise, bis das Jahr 1134 neue Kunde bringt. Als in diesem Jahre dem Edlen Rudolf von Steinfurt daran lag, vom Kaiser Lothar eine Bestätigung seiner Stiftung Klarholz zu erhalten, da scheint ihn außer anderen westfälischen Herren auch Hermann von der Lippe begleitet zu haben, er bezeugt die kaiserliche Bestätigung⁸). Wenig später war er mit seinem Bruder zu Münster, als auch Bischof Werner dem Kloster seine Bestätigung gab⁹).

Noch oftmals begegnen wir beiden Brüdern, aber bedeu-

---

fasser der Lipp. Reg. diese Erwähnung übergingen; sonst haben sie doch alle unmittelbar aufeinanderfolgenden Edlen Bernhard und Hermann, wenn dieselben auch nicht als Brüder bezeichnet sind, aufgenommen.

⁵) Lipp. Reg. Nr. 44.
⁶) Lipp. Reg. Nr. 45. mit a. reg. 5., aber 1129 ind. 7. a. ep. 2.
⁷) Lipp. Reg. Nr. 46. (mit a. reg. 5 und ind. 7, also nach dem 13. September 1129 und, jenachdem man in Münster die Indiktion begann, vor dem 25. September oder 1. Januar) und Nr. 474
⁸) Lipp. Reg. Nr. 47. — Die Urkunde ist in höchst verderbten Texten überliefert. In dem besseren bei Jung Hist. com. Benth. 359 lautet das Datum: 1134 ind. 12. a. reg. . . imp. 1. Hugo Annal. Praem. I. 395 und danach Riefert M. U.=G. II. 134 und V., 5 scheinen willkürlich a. reg. 8 ergänzt zu haben; es muß aber nach den übrigen Daten a. reg. 9 heißen. — Auffallend, ist die Recognition des Erzbischofs Norbert; da derselbe nur italienischer Erzkanzler war, die vorliegende Urk. aber nach Daten und Zeugen in Deutschland ausgestellt ist, so hat Stumpf Verzeichniß der Kaiserurk. Nr. 3298 die Urk. als Fälschung bezeichnet; doch werde ich an einem anderen Orte nachweisen, daß die Urk. echt ist und nach Nr. 3289 gehört.
⁹) Lipp. Reg. Nr. 48.

tender tritt jetzt Hermannn hervor. Auch die Rangordnung, in welcher die Brüder in der Folge genannt werden, scheint auf das gestiegene Ansehen Hermanns zu deuten. Während in den drei ersten Urkunden, welche die Brüder bezeugen, Bernhard die erste Stelle einnimmt, während dann die Rangordnung wechselt, wird von jetzt an Herr Hermann an erster Stelle genannt. Sollte man etwa folgern dürfen, daß Bernhard der Aeltere gewesen [10]), daß aber bald die größere Bedeutung seines Bruders ihn zurückgedrängt?

Am 21. März 1137 war Hermann zu Paderborn [11]); am 19. Juni bezeugt Bernhard eine Urkunde des Abtes von Korvey; am 7. Juli sind Beide zu Paderborn [12]). Zum Bischofe von Paderborn scheinen sie überhaupt in engerer Beziehung zu stehen, denn am 11. October 1138 sehen wir sie wieder an seinem Hofe, dann den Hermann im Jahre 1140, Beide am 6. April 1142 und im Jahre 1144, den Hermann im Jahre 1146 [13]).

Diesen zahlreichen Erwähnungen folgt eine große Lücke, die man vielleicht durch eine Betheiligung am zweiten Kreuzzuge ausfüllen darf. Doch weit länger, als der Kreuzzug dauerte, vermissen wir eine sichere Kunde. Erst 1153 erscheint Hermann wieder zu Paderborn [14]). Bald darauf tritt er in einen neuen, wenigstens für uns neuen Kreis. Vielleicht eben jetzt hat er eine dauernde, für sein ganzes Haus

---

[10]) Darf man in der Nonne Helmburg eine Verwandte beider Brüder annehmen, so würde auch der Umstand, daß Bernhard ihr Vormund ist, Bernhard als den älteren Bruder beweisen.

[11]) Lipp. Reg. Nr. 49 mit 1136, aber mit n. reg. 12. imp. 4., was auf 1137 deutet; wenn nicht Rechnung nach Marienjahren angewendet wurde, so möchte der gerbener Copist, dem wir die Urkunde verdanken, sich verschrieben haben.

[12]) Lipp. Reg. Nr. 50. 51.

[13]) Lipp. Reg. Nr. 52. 53. 54. 55. 58. 60.

[14]) Lipp. Reg. Nr. 63.

bedeutungsvolle Verbindung geknüpft: im Jahre 1154 sah er Heinrich den Löwen, als derselbe zu Paderborn Gericht hielt ¹⁵). Hier mag er sich ihm angeschlossen, von hier ihn begleitet haben; wenigstens weilte er den 4. Juni am Hofe Heinrichs zu Goslar ¹⁶). Aber bald ist er zurückgekehrt: im folgenden Jahre war er wieder zu Paderborn. Ebendort finden wir ihn nochmals im Jahre 1158; zwei Jahre später begegnet er zum ersten Male am Hofe des Bischofs von Osnabrück ¹⁷).

Wie man sieht, ist Herr Herrmann in den Vordergrund getreten Seinen Bruder finden wir nur noch ein einziges Mal: 1158 war er zu Paderborn ¹⁸). Nicht gar lange darnach wird er gestorben sein, wahrscheinlich mit Hinterlassung eines Sohnes Heinrich ¹⁹) der aber wenig bedeutend erscheint, auch mit seinen Verwandten in keiner engeren Verbindung sich findet ²⁰).

---

¹⁵) Lipp. Reg. Nr. 65. Nach a. reg. 2. gehört die Urk. vor den 9. März, nach dem Itinerar Heinrichs des Löwen scheint sie vor die gleich zu erwähnende Urkunde zu gehören.

¹⁶) Lipp. Reg. Nr. 64.

¹⁷) Lipp. Reg. Nr. 66. 68. 70.

¹⁸) Lipp. Reg. Nr. 67.

¹⁹) Er findet sich am 10. August 1181, in den Jahren 1185 und 1196. Vgl. die folgende Anm. — Keinenfalls war er derselbe Heinrich von der Lippe, dem Bischof Johann von Hildesheim 1257—61 gewisse Güter leiht. Lipp. Reg. Nr. 2497. — Ebensowenig wie die Verwandtschaft dieses letzteren Heinrich läßt sich die Verwandtschaft eines Hildesheimer Domherren Konrad von der Lippe bestimmen. Er begegnet 1206 und 1207, (Lünzel) [die ältere Diöcese Hildesheim 386, 388, dann 1208 und 1214, Lipp. Reg. Nr. 88 in der Anmerk. — Ueber eine weitere Verwandtschaft vgl. Anmerk. 21.

²⁰) Wie zu Paderborn scheinen Bernhard und Hermann auch in näherer Beziehung zu Korvey gestanden zu haben: In einer Urkunde des Abtes von Korvey treten sie zum ersten Male auf; am 19. Juni 1137 ist Bernhard beim Abte; am 7. Juli bezeugen Beide

Hoffnungsvoller blühte Hermann's Stamm. Seine Gattin[21]) hatte ihm zwei Söhne geschenkt: der Name des älteren ist unbekannt; als der jüngere ward der Held unserer Darstellung etwa um 1140 geboren[22]).

eine Urkunde, die einen Gütertausch mit Korvey betrifft; endlich wissen wir, daß Bernhard von dem korveyer Vogte, dem Grafen Siegfried von Bömeneburg, ein Lehen trug. Diesem mußte natürlich daran liegen, einen Lehnsmann des Klosters auch mit sich zu verbinden. Zwar im Besitze dieses Lehens können wir jenen Heinrich nicht nachweisen: wir wissen überhaupt nichts Genaueres über das fernere Geschick des Lehens. Aber wie wir den Vater in engerer Verbindung mit Korvey finden, so nun auch den vermutheten Sohn. Während Bernhard II. trotz seines zahlreichen Vorkommens nur einmal in einer korveyer Urkunde erscheint, gehen von den drei einzigen Erwähnungen, die wir über jenen Heinrich besitzen, zwei auf Korvey zurück: am 10. August 1181 bezeugt er eine Urkunde für Korvey und im Jahre 1196 ist er zu Korvey, als dort ein Kardinal urkundet. — Es scheint demnach, daß Hermann I. und dessen Sohn Bernhard II. in nicht so enger Verbindung zu Korvey gestanden haben, als Bernhard I. Dagegen findet sich jener Heinrich wieder in einer engeren Verbindung mit Korvey. Sollte er da nicht in das Verhältniß Bernhards I. getreten, dessen Sohn sein?

[21]) Ihr Name ist nicht bekannt; Spätere nennen sie Petronella von Ahr. Die Herausgeber von Kleinsorgens Kirchengesch. von Westf. II. 85 vermuthen in ihr eine Schwester Wibukind's von Rheda, wahrscheinlich weil Bernhard den Wibukind seinen cognatus nennt und ihm in seinen Vogteien folgt. Da aber Wibukind erst 1169 auftritt, damals wohl noch ein junger Mann war; da seine Mutter noch 1197 am Leben ist; so hatte Wibukind keine Schwester oder seine Mutter keine Tochter, die schon um 1140 ihr zweites Kind zur Welt brachte. Eher ließe sich annehmen, daß Bernhard's Mutter eine Tante Wibukinds war. Denkt man sich dieselbe als Schwester seines Vaters, des Eberwin von Fredenhorst, so erklärt sich eben so gut, weshalb Bernhard in die Vogteien des kinderlosen Wibukind folgte, als wenn man in Bernhards Mutter eine Schwester Wibukinds erblickt.

[22]) Wenn er schon 1167, worüber jedoch einiger Zweifel bleibt, eine

In wohlhabenden, doch nicht gerade glänzenden Verhältnissen wurde Bernhard erzogen; nur mäßig war des Vaters Besitzthum. Wahrscheinlich war er Lehnsmann der Bischöfe von Paderborn, Münster und Osnabrück [23]); auch wird es nicht an Eigengütern gefehlt haben: aus dem erweislichen Besitzstande seiner nächsten Nachfolger mag man immerhin schließen, daß wenigstens dieses oder jenes Gut schon in den Häuden des Stammvaters war. Demnach war er begütert am rechten und linken Ufer der oberen Lippe, zu beiden Seiten des Waldgebirges, in der Mark und den genannten Bisthümern. Aber reich wird man ihn nicht nennen dürfen: zwar hätten Bernhards Eltern ihr anständiges Auskommen gehabt, erzählt Justin, aber sie seien mehr edel, denn reich gewesen [24]).

Diesen mäßigen Besitz mochte der Vater durch eine Theilung nicht noch kleiner machen; überhaupt waren Theilungen ja ungewöhnlich, und da auch ein Besitz zu gesammter Hand seine Mißlichkeiten hatte, so erging es Bernhard wie so manchem jüngeren Sohne: er wurde dem geistlichen Stande bestimmt. Früh schickte man den Knaben nach Hildesheim [25]), das mehr noch als einen Schimmer seines alten

---

wichtige Vertheidigung leitet, so wird man annehmen müssen, daß er damals mindestens 25 Jahre alt war. Dem würde entsprechen, daß Justin v. 737 ihn zur Zeit seines Eintrittes in's Kloster, der etwa 1200 erfolgte, einen Greis nennt.

[23]) Beispiele aus nächster Zeit: für Paderborn Lipp. Reg. Nr. 82, für Münster Nr. 84, für Osnabrück Nr. 103.

[24]) . . . . . . quem progenuere parentes
Moribus insignes, nobilitate pares.
Quorum nobilitas major, quam copia rerum:
Sed fuit ex proprio victus honestis eis
Justin. v. 41—44.

[25]) Es ist eigentlich nicht überliefert, daß Bernhard in Hildesheim seine Studien gemacht habe; doch wüßte ich nicht, wie er Domherr zu Hildesheim geworden, wenn nicht als Zögling der dorti-

Ruhmes bewahrt hatte ²⁶): vor nicht langer Zeit hatte zu Hildesheim ein Adalbert von Mainz²⁷), ein Reinald von Köln²⁸) gelernt; vielleicht eben jetzt lehrte ein so ausgezeichneter Mann, wie der nachmalige Bischof Heinrich von Lübeck²⁹). Hier also sollten Bernhards Fähigkeiten ausgebildet werden, der offene Kopf, den Justin ihm nachrühmt³⁰), das damalige Wissen in sich aufnehmen. „Aber mehr hätten die Eltern auf gute Sitten gesehen. Und in beiden Richtungen hätte der Knabe sich so ausgezeichnet, daß ihn die Hildesheimer Domherren in ihre Mitte aufgenommen". Natürlich wurde neben dem guten Leumunde auch der Adel des Geschlechtes berücksichtigt³¹).

Damit war der Weg zu hohen kirchlichen Würden be-

---

gen Schule. Die Domschule war ja meist die Vorbereitung für den Dom, zu welchem sie gehörte.

²⁶) In der vita Adalb. II. ap. Jaffé Bibl. rcr. Germ. III. 570 heißt Hildesheim eine „scola nobilis" und in dem codex Veterocell. sec. 12 ex., von dem mein Freund Toeche eine Abschrift besitzt, heißt es von den Hildesheimern: „Celebris fuit semper ac laudabilis ecclesie vestre fama de litteralis disciplina frequentia et que plurimos illos invitat in pacis securitate.

²⁷) Vita Adalb. l. c.

²⁸) Chron. mont. ser. ed. Eckstein 33.

²⁹) Vergl. über ihn Reuter Gesch. Alex. III. 3, 632.

³⁰) Et mens in tenero corpore sana patet. Justin. v. 50. Der Druck ließ zwar statt sana: cana, doch abgesehen davon, daß cana keinen guten Sinn giebt, scheint mens sana auch durch den Gegensatz in tenero corpore verlangt zu werden.

³¹) Ponitur ad studium puer in puerilibus annis,
Ne mens ad libitum sit vaga, lege carens,
Non ut grammaticae solum doceatur in arte,
Quin etiam studeat moribus ipse bonis.
Crescunt in puero mores crescentibus annis
Et mens in tenero corpore sana patet.
Ergo tum fumae causa, quam sanguinis altae
Hildesemensis cum colligit ecclesia.
In qua canonicus etc. — Justin. v. 45—53.

treten ³²), und wie Bernhard seiner ganzen Anlage nach wohl nie im Kirchlichen aufgehen konnte, sich mehr oder weniger auch dem Weltlichen zuwenden mußte, schienen auch hohe staatliche Aemter auf ihn zu warten Aber das Schicksal hatte anders bestimmt: nachdem Bernhard einige Zeit — wie Justin rühmt: als Liebling Aller — seine Pfründe inne gehabt ³³), während er höheren Ehren entgegenging, starb der ältere Bruder. Wer sollte jetzt Erbe des väterlichen Gutes der Erhalter des Stammes werden, wenn Bernhard nicht den geistlichen Stand verließ? Daher rief ihn denn der Vater zurück: das schwarze Kleid wurde mit dem Laiengewande, Grammatik und Bibel mit Speer und Schild vertauscht ³⁴). Wenn es da galt, Versäumtes nachzuholen, so war Bernhard eifrig bemüht; wenigstens wird er in der Uebung des Waffenhandwerks nicht lässiger gewesen sein, als vordem in Meßgebet und Psalmgesang. Zunächst war wohl der Vater sein Lehrmeister; aber der enge Winkel der Heimat genügte nicht zur Ausbildung eines ganzen Ritters: zu verschiedenen Herren, wahrscheinlich auch zu Heinrich dem Löwen ³⁵), mußte Bernhard sich begeben und, um einst befehlen zu können, jetzt den Diener machen, Knappendienste verrichten ³⁶). So bildete er sich zu einem gewandten, in jeder Kriegs-

---

³²) Ein Bernhard begegnet unter den canonici majoris ecclesiae in einer hildesheimer Urkunde von 1150, Orig. Guelf. III., 447. Dann bezeugt er in demselben Jahre eine Urkunde Conrads III. für Hildesheim. Böhmer Reg. Imp. 2287. Doch mag es fraglich bleiben, ob es unser Bernhard ist.

³³) . . . . . . amabilis omnibus exstat,
   Culmine majori magnificandus ibi. — Justin v. 53—54.

³⁴) Justin v. 55—62.

³⁵) Deshalb, weil es sich dadurch am Besten erklärt, daß Heinrich der Löwe ihm schon bald die Vertheidigung einer wichtigen Veste anvertraute. Vgl. jedoch über diese Vertheidigung die erste Beilage.

³⁶) Das ist unverkennbar der Sinn von folgendem Wortschwall:

führung erfahrenen Ritter; aber der Verkehr mit den rauhen
Männern des Krieges verwischte auch alle Spuren einer
weicheren Stimmung, wie sie doch dem geistlichen Zöglinge
ankleben mochten; hier wird er alle Schonung und Milde
verlernt haben, ganz zum Manne der Gewalt herangewach-
sen sein.
Im Gefolge Anderer sah Bernhard vieler Herren Länder; schon soll er Ruf genossen haben, da scheint er in die
Heimat zurückgekehrt zu sein, um den Ritterschlag zu empfangen [37]). Große Festlichkeiten verherrlichten den Tag [38]),
an welchem der nun schon alternde Vater seinen Sohn als

......servus portat herile jugum
Vult servire libens, non spernit ferre laborem.
Promptus ad obsequium, non piger esse studet.
Quem non compellit servire penuria rerum,
Indita sed virtus, laus populique favor.
Servit abinde volens dominari, servit abinde
Sit major; minor est, celsior esse volens.
Tempore servili totus desudat in armis,
Bellandique cliens visitat omne genus.
Justin v. 62—70.

[37]) Justin v. 70—74. — Meist empfing man wohl den Ritterschlag am Hofe des Fürsten, dem man gedient hatte. Aber die
Schilderung, welche Justin von dem Kampfspiele, von der Begrüßung des jungen Ritters, von den Freuden des Mahles u. s. w.
entwirft, macht ganz den Eindruck, als sei das Fest am väterlichen
Hofe gefeiert worden. Jedenfalls zeigt sie, daß sich in der Heimat die Erinnerung an jene Festlichkeiten erhalten hatte, und dies
war eben nur möglich, wenn die Festlichkeiten auf heimischem Boden stattgefunden hatten.

[38]) Wie schon erwähnt hat Justin v. 75—140 diese Festlichkeiten
sehr ausführlich beschrieben. Für die Kulturgeschichte mag sich
mancher Zug verwerthen lassen; für die Geschichte Bernhards ist
die Schilderung ganz fruchtlos: nur einen Zug in die Darstellung
aufnehmen, hieße: gleich Justin den Fortschritt der Handlung durch
unnützes Beiwerk aufhalten.

Ritter sah und ihn mit Stolz des neuen Standes würdig fand. Doch den Festlichkeiten folgten Tage ernster Arbeit. Bernhards Vater begleitete im Jahre 1167 den Kaiser nach Italien; auf dem Schlachtfelde von Tusculum wird er unter der Leitung Reinald's von Köln gekämpft haben. Italien schien damals bewältigt, das widerstrebende Papstthum dem Kaiser unterworfen zu sein. Aber dem glänzenden Siege folgten die schrecklichen Tage des August: vom römischen Fieber wurde die Blüthe des Heeres dahingerafft. Auch Herr Hermann von der Lippe erlag den Tücken des Klima, ein päpstlicher Geschichtsschreiber nennt ihn unter den „Berühmteren", die damals starben [39]), nennt ihn neben dem Erzbischofe von Köln, dem Herzoge Friedrich, dem Bischofe von Verden, — wohl um so mehr ein Beweis von der Tüchtigkeit des schon betagten Ritters, als der Anhänger des Papstes nicht das geringste Interesse an der Verherrlichung eines Westfalen hatte.

Gleichzeitig finden wir den Sohn, den nunmehrigen Erben der lippischen Besitzungen, in deutsche Kriege verwickelt.

Man weiß, wie im Jahre 1167 die norddeutschen Fürsten sich zum Sturze Heinrichs des Löwen verbündet hatten. Die Abwesenheit des Kaisers, in dessen Politik eine Begünstigung des Welfen lag, sollte zur Schwächung oder gar zum Sturze Heinrichs benutzt werden. Zu Ende 1166 entbrannte der Krieg; mit der Belagerung der Veste Althaldensleben wollte man den Anfang machen. Durch zwei sie umarmende Flüsse, die Bibra und Ohre, und durch eine sumpfige Umgebung geschützt, in der Nähe Magdeburgs gelegen, schien sie wie geschaffen, zur Zwingburg gegen den Magdeburger und seinen Sprengel. Wieder und wieder versuchte daher der Erzbischof, diese Burg zu brechen; vor dieser „verhaßten"

---

[39]) Vita Alex. ap. Muratori III. 459, vgl. Lipp. Reg. Nr. 72.

Veste⁴⁰), wie ein Zeitgenosse sie nennt, hat sich ein Stück der sächsischen Kriege abgespielt.

Am 20. Dezember 1166 begann der Erzbischof mit den verbündeten Fürsten die Belagerung. Weit und breit wurde die Umgegend verwüstet. Doch der Rächer ließ nicht lange auf sich warten: der Herzog selbst eilte herbei, Verwüstung hinter sich lassend, Schrecken vor sich ausbreitend. Da legten sich fromme Männer in's Mittel, und Dank ihren Bemühungen schloß man einen Waffenstillstand; ja Heinrich versprach sogar, wenige Tage nach Ostern 1167 die Burg dem Erzbischofe auszuliefern⁴¹). Aber nicht um das Versprechen zu erfüllen, hatte er es gegeben: wahrscheinlich hatte er der Forderung des Erzbischofs nur willfahrt, weil auch im Norden seines Herzogthums der Krieg entbrannte und seine Anwesenheit dort nöthig ward⁴²).

Unter solchen Umständen war es für den Herzog eine wichtige Frage, wem er die Veste anvertrauen sollte. Keinen Unwürdigen hat er gewählt: wenn eine nicht gleichzeitige Ueberlieferung, an und für sich schon von zweifelhaftem Werthe, mit Recht hierher gezogen wird, so war es Herr Bernhard, welchen Heinrich in der Veste zurückließ. Eine Zeit lang mag er die Entwicklung der Dinge abgewartet haben; als nun aber der Erzbischof sein Bündniß mit den Kölnern schloß, als er zum Wiederbeginn des Krieges, zur Bestrafung des vertragsbrüchigen Herzogs rüstete, da wird Herr Bernhard aus seiner Veste hervorgebrochen sein: raubend und sengend durchzog er den magdeburger Sprengel,

---

⁴⁰) Annal. Pegav. Monum. Germ. hist. XVI. 260. — Von der Zerstörung Althaldensleben im Jahre 1181 sagt das chron. mont. ser. ed. Eckstein 45: Utile nimis opus — et valde suis posteris (sc. archiepiscopis Magdeb.) profuturum.
⁴¹) Annal. Palid. Monum. Germ. hist. XVI. 93.
⁴²) Vgl. Heinemann Albrecht der Bär 251.

ja er wagte sich bis an die Thore der Stadt. Aber mit gewaltiger Uebermacht rückten der Erzbischof und seine Bundesgenossen heran. Wahrscheinlich hat sich Herr Bernhard vor ihnen in die Veste zurückgezogen; doch ist uns nur das Eine bekannt, daß der Erzbischof die Veste durch gewaltige Sturmmaschinen bezwang, sie dann dem Erdboden gleich machte. Ob eine Uebergabe vorausgegangen, die Belagerten sich einen ehrenvollen Abzug bedingen konnten, oder ob Wichmann Gnade für Recht ergehen, die Besatzung in Frieden ziehen ließ, — über Alles schweigt die Ueberlieferung [43]).

Auch über Bernhards fernere Theilnahme an diesem Kriege ist nichts Einzelnes bekannt; überhaupt wissen wir nur mit Bestimmtheit, daß unser junger Ritter an diesem ersten sächsischen Kriege sich betheiligt hat, sei es früher oder später, sei es während der ganzen Zeit. Und auch diese Sicherheit gewinnen wir nur durch die Thatsache, daß der Ruf des aus Italien zurückkehrenden Kaisers, sich seinem Hofe zu stellen, wie an alle Betheiligten, so auch an Bernhard erging [44]). Aber weniger friedliebend, als der Kaiser, waren die sächsischen Herren: zweimal ließen sie den Ruf des Kaisers unbefolgt; erst der dritten Ladung wagten sie nicht, sich zu entziehen. Es war zu Würzburg, wo es dem Kaiser zu Ende Juni und Anfang Juli gelang, den Frieden wiederherzustellen. Hier war also auch Herr Bernhard: für ihn und sein Land sollten die würzburger Tage eine besondere Bedeutung erhalten.

Auf einem weiten Anger hatte man sich lagern müssen, denn der enge Raum der Stadt konnte die Menge nicht fassen. Dem Kaiser zunächst saßen die geistlichen, abwärts

---

[43]) Vgl. über die Art der Ueberlieferung, über ihre irrige Chronologie und die nicht zu beseitigenden Zweifel: die erste Beilage.
[44]) Siehe darüber die zweite Beilage, die auch über die Gründungszeit Lippstadt's handelt.

die weltlichen Fürsten; die Menge hatte sich auf dem Boden
gelagert. Schon stand der Anfang der Geschäfte bevor, da
kam als der Letzte Herr Bernhard mit seinem Gefolge. Hoch
zu Rosse, in prächtigen Gewanden, Hornbläser und Flöten=
spieler an der Spitze, so hätten sie die Blicke Aller auf sich
gezogen. Selbst der Kaiser, erzählt Justin, hätte staunend
nach Namen und Herkunft gefragt, dann sie begrüßt und,
nachdem sie den Gruß erwidert, ihnen sich zu setzen befohlen.
Da hätte Herr Bernhard seinen Mantel auf die Erde aus=
gebreitet, und die Begleiter seien seinem Beispiele gefolgt.
So hätten sie der Verhandlung beigewohnt; als dann am
Abende die Verhandlung vom Kaiser beendet sei, da hätten
sich Herr Bernhard und die Seinen erhoben, aber auf Bern=
hards Geheiß die Mäntel am Boden gelassen. Das Volk
hätte sie auf ihre Vergeßlichkeit aufmerksam gemacht, doch
mit einem stolzen Scherze habe Bernhard erwidert: „In
seiner Heimat pflege ein edler Mann seinen Sitz nicht mit
sich fortzutragen". Lautes Gelächter sei diesen Worten ge=
folgt, selbst der Kaiser habe ein Lächeln nicht unterdrücken
können und sich mit der Handlungsweise einverstanden er=
klärt. Auch habe er am anderen Tage, als Herr Bernhard
und sein Gefolge nun in noch prächtigerem Aufzuge erschie=
nen, sie huldvoll empfangen und ihnen einen ehrenvollen
Platz angewiesen. Doch damit nicht genug; nach Beendi=
gung des Hofes habe er den Lipper zu sich beschieden, ihn
beschenkt und reicher zu beschenken versprochen [45]. Da habe
Bernhard die Gelegenheit benutzt, sich eine Gnade zu er=
bitten: „Wohl fehle es ihm nicht an Besitzungen, aber wehr=
los sei er den Feinden ausgesetzt. Wenn es ihm doch gestat=

---

[45] Sehr schön sind diese Vorgänge von Justin von 341—428 ge=
schildert. Wären sie nur eben so wahr, als schön geschildert! Ge=
wiß ist hier die Phantasie nicht unthätig gewesen: nur den Kern
der Erzählung wird man als historische Wahrheit betrachten müssen.

tet wäre, auf seinem Eigenboden eine Stadt zu erbauen! Der Kaiser willfahrte, ja er verbriefte seine Zustimmung. In der leider nicht mehr erhaltenen Urkunde wird er dem Lipper das Befestigungs-, Markt- nnd Zollrecht verliehen haben; wenn ferner in kaiserlichen Städtebriefen Allen, die Jahr und Tag in der Stadt gewohnt haben, die Freiheit zugesichert wird, über die Zuständigkeit erblosen Gutes und die Ansprüche der Richter verfügt wird, wenn gerade solche Bestimmungen auch in der später von Bernhard verliehenen Verfassungsurkunde sich finden, so möchten dieselben auf die kaiserliche Verleihung zurückgehen [46]).

Nach der Rückkehr in die Heimat wird die Erbauung der Stadt Bernhards erste Sorge gewesen sein. Er rief seine Freunde zusammen, eröffnete ihn sein Vorhaben und fand ihre Billigung [47]). Ein geeigneter Platz wurde ausgesucht, die Vermessungen vorgenommen, bald erhoben sich an den Ufern der Lippe die ersten Anfänge Lippstadts. Gräben wurden gezogen und Wälle aufgeworfen; für den Nothbedarf wurde die neue Stadt durch eine hölzerne Umzäumung geschützt; erst später traten feste Mauern an deren Stelle [48]). Auch sollte die Neugründung eines religiösen Mittelpunktes nicht entbehren. Wohl nicht sofort, wenn auch noch zu Bernhards Zeiten, entstand die große Marienkirche [49]); früher

---

[46]) Enthebung des Stadtgebietes aus der Grafschaft wird wohl nicht nöthig gewesen sein: wir würden sonst in der Verfassungsurkunde wohl eben so gut von der Zustimmung des Grafen hören, wie wir von der Zustimmung des Kaisers hören: es ist anzunehmen, daß die Lipper schon damals um Lippstadt gräfliche Befugnisse hatten.

[47]) Post reditum miles vocat et consultat amicos etc. — Justin. v. 457. Auch in der Verfassungsurkunde wird der Rath der Freunde betont.

[48]) Justin v. 461—471.

[49]) Lübke Die mittelalterliche Kunst in Westfalen 156 hat nach Klein-

gründete Bernhard das Marienkloster⁵⁰), das er Augustine-
rinen übergab, reich ausstattete, einem Pastor unterstellte und
so vom paderborner Bischofe als dem Sprengelbischofe be-
stätigen ließ⁵¹).

Aber nur langsam wuchs und gedieh die neue Stadt.
Dem Gründer allzu langsam; das kleine Gemeinwesen schnellem
Wachsthum, hoher Blüthe entgegenzuführen, schien es ihm
außerordentlicher Mittel zu bedürfen. Er fand diese Mittel
in einer freien Verfassung; während seine meisten Standesgenossen das freie, aufstrebende Bürgerthum paßten und ver-
folgten, betrachtete er dasselbe als eine Stütze gegen die
Standesgenossen, als einen Hebel des eigenen Wohlstandes.
Nicht, daß in seiner aristokratischen Brust ein demokratisches
Herz geschlagen hätte; nur fielen seine politischen und wirthschaftlichen Interessen hier mit den Interessen eines freien
Bürgerthums zusammen. Also überließ er den Bürgern die
freie Wahl einer Verfassung⁵²). Die Wahl wird kaum

---

sorgen's Vorgang die Einweihung ins Jahr 1189 gesetzt. Dagegen erzählt Justin v. 876—881, daß Bernhard vor seiner letzten Reise nach Livland, also vor Mitte 1223, die Kirche geweiht
habe.

⁵⁰) Justin v. 475—486. Danach fällt der Bau dieser Kirche mit
der Gründung der Stadt zusammen. Dagegen setzt Lübke a. a.
O. 179 den Bau in den Beginn des 13. Jahrhunderts. — Ueber
die Ausstattung des Klosters vgl. auch die Urk. Innocenz III. von
1207. Lipp. Reg. Nr. 134.

⁵¹) Haec cum consensu sunt coepta diocesani. Justin. v. 485.

⁵²) Cum igitur hec novella plantacio et yncolis et munitionibus
adhuc esset infirma, ego de consilio amicorum meorum in-
colis liberum contuli arbitrium, ut iura miciora et meliora
de quacunque vellent eligerent; tandem habito inter se consilio iura Susaciensium, sub ea forma eligere decreverunt,
ut si qua ex eis displicerent, illa abicerent et aliis sibi
ydoneis gauderent, que etiam in ordine communi consensu
conscribi decrevimus. Laut der Verfassungsurkunde bei Erhard Cod. dipl. Westf. II. 237.

schwer gefallen sein; sah man doch in nächster Nähe das reiche, durch seine Freiheit blühende Soest, die zweite Stadt des weiten Sprengels von Köln⁵³), für deren Verfassung in etwas späterer Zeit das mächtige Lübeck dem Kaiser seine Thore öffnete⁵⁴). Aber die soester Freiheit sollte hier noch übertroffen werden: nach Willkür durften die Bürger das soester Recht ergänzen und berichtigen⁵⁵).

Wohl nicht sofort ist die ganze Verfassung, wie sie in einer späteren Urkunde Bernhard's vorliegt, aus dieser Willkür hervorgegangen. Einzelne Mißstände werden erst allmälig abgeschafft sein, auf einige Rechte wird Herr Bernhard erst später verzichtet haben. Wenn in der Urkunde die Bestimmungen über die Gerichtsverfassung nicht vereinigt erscheinen, erst durch einen der letzten Sätze das lästige Vogtding beseitigt wird, so zeigt diese Fassung unzweifelhaft den Fortschritt in der Rechtsentwicklung. Als deren Schlußergebniß bleibt dem Herrn nur die Oberhoheit über die Stadt und das Stadtgebiet; wohl ernennt er den Propst, den Schultheißen, die Consuln und Richter, aber nicht ohne Zustimmung der Stadt⁵⁶). Ihm bleibt die höhere Gerichtsbarkeit, aber auch

---

⁵³) Caesar. Heisterb. Vita sti. Engelb. I, 4.
⁵⁴) Arn. Lub. II, 35.
⁵⁵) Vgl. Anm. 52.
⁵⁶) Die wichtigsten Bestimmungen der ganzen Urk. sind §. 8. und §. 16. — §. 8. (Nec) meum nec alicuius mei heredis est, sine communi civium consilio prepositum instituere, nec etiam consules nec iudices sine consensu civium meum vel heredum meorum sit statuere. — §. 16. Nec a me vel posteris meis absque consensu consulum et civium civitati iudex instituatur; nec illo iudicio, quod advocatie placitum dicitur, aggrevetur. — Von dem §. 8. lieferte vor 80 Jahren Möller in seiner Geschichte von Lippstadt S. 138 die falsche Uebersetzung, die noch neuerdings Aufnahme gefunden hat: «Weder wir noch unsere Nachkommen wollen ohne allgemeine Einwilligung irgend eine Verordnung machen; ebenso sollen aber auch weder die

er darf keinen Bürger vor ein auswärtiges Gericht ziehen. Ueber leichtere Körperverletzungen, über Maß und Gewicht wird von den Consuln gerichtet; die Baupolizei untersteht den Ortsrichtern, den Unterbeamten der Consuln. Noch manche andere, für die Freiheit und Wohlfahrt wichtige Bestimmung wurde getroffen. Auch gab Herr Bernhard von seinem eigenen Besitze Gemeinde-Wald und Wiese; er errichtete einen Markt und befreite die Einwanderer und Bürger von Zoll.

Was die Dienste und Leistungen der Bürger betrifft, so werden sie sich von denen der Soester nicht unterschieden haben [57]. Aus ihren Verpflichtungen mag dem Herrn mancher Vortheil erwachsen sein; aber drückende Lasten hatten die Bürger nicht zu tragen. Die Blüthe Soest's, der schnelle Aufschwung Lippstadt's selbst ist Beweis. Von allen Seiten eilte man herbei, „jedes Joch abzuschütteln, der Freiheit sich zu erfreuen". Da kam natürlich auch mancher Mann, dem ein freies Verfügungsrecht über sich nicht zustand, der sich seinem Herrn durch die Flucht entzogen hatte [58]. Ihn zu

---

Bürgermeister noch Richter ohne unsere, unserer Nachfolger und der Bürger Einwilligung irgend etwas festsetzen".

[57] Leider schweigen beide Urkunden darüber, eben weil sie blos Rechte sind. Nur gelegentlich erwähnt das soester Recht der Verpflichtungen aller Bürger. §. 53. Ausführlich ist dagegen das hammer Stadtrecht (doch wohl von 1213), und da Hamm nach soester und lippstädter Recht gegründet war, mag man daraus auch auf die Leistungen der Soester und Lippstädter schließen.

[58] Libertas huic magna datur, plebs confluit ergo.
Construit, aedificat: moenia, templa, domos

Plebs e diversis huc partibus confluit orbis,
Roborat expensis, arte, labore locum.

beschützen, hielt Bernhard für seine Pflicht; wenn es auch in der Verfassungsurkunde heißt, daß Jemand erst durch Jahr und Tag unangefochtenen Verweilens in der Stadt gesichert sein solle [59]), so wird man diese Bestimmung doch nicht gerade zu ängstlich beachtet haben; wer einmal in der Stadt sich niedergelassen, durfte wohl auf deren Schutz rechnen. Die Folge war, daß die umwohnenden Herren zu den Waffen griffen, die Stadt belagerten, um die Auslieferung ihrer Leute zu erzwingen. Aber die junge Gemeinde, von ihrem Herrn unterstützt, leistete tapferen Widerstand: der Feind mußte bald erkennen, daß Nichts auszurichten sei. Da setzte Herr Bernhard den Abziehenden nach: sie sollten die Lust verlieren, an den Mauern seiner Lippstadt jemals wieder Kraft und Waffen zu versuchen. Ringsum verwüstete er ihr Land, raubte und plünderte, schonte nicht der Kirchen und Witwen [60]).

So war Lippstadt aus einer schweren Gefahr hervorgegangen; mit dem Gefühle der Sicherheit und Kraft, einem mächtigen Hebel des Aufschwunges, konnten die Bürger zu ihren Geschäften zurückkehren. Aber auch mit dem Gefühle der Zusammengehörigkeit, das unter den Leuten verschiedener Herkunft wohl nicht gar stark gewesen, nun aber durch die gemeinsame Gefahr befestigt und gestählt war.

Lippstadt's Gedeihen mag in Bernhard den Wunsch erregt haben, auch jenseits des Waldgebirges eine Stadt zu besitzen. Wir wissen nicht, wann er die Gründung vollzog:

Sit cuiuscunque veniens huc conditionis,
    Libertate fruens, abjicit omne jugum. —
Justin. v. 473—74. 487—88. 491—92.
[59]) Der §. 7. handelt darüber.
[60]) Justin v. 506—493. — Die Zeit dieser Belagerung läßt sich nicht bestimmen; jedenfalls hatte die Stadt schon längerer Zeit bestanden: ohne steinerne Mauern konnte die Vertheidigung unmöglich von Erfolg sein.

überhaupt verbergen sich Lemgo's Anfänge in tieferes Dunkel; es läßt sich nur sagen, daß Lemgo ganz nach dem Muster Lippstadt's gegründet ward; es darf als dessen frühste Tochterstadt gelten [61]).

Nicht zu Städten ersten Ranges, nur zu Mittelpunkten kleinerer Kreise, aber belebend für das Städtewesen in ganz Westfalen, wuchsen beide heran. Voraus die Mutterstadt, die in ihrem Gedeihen auch nicht beeinträchtigt wurde, als Herr Bernhard, sei es bald nach der Gründung, sei es in späterer Zeit, Stadt und Burg dem Erzbischofe von Köln aufließ und als Lehen zurückempfing [62]). Wie man annehmen darf, hat er sich zu diesem Schritte entschlossen, weil Erzbischof Philipp ihm außer den 300 Mark, die er zahlte [63]), weitere Vortheile verhieß; weil ferner eine gewisse Verpflichtung, ihn und die Stadt zu beschützen, auf den Erzbischof überging [64]). Aber in den Verhältnissen der Stadt hat die Lehnsauftragung Nichts geändert: von Eingriffen des Erzbischofs in die Verfassung ist nirgends die Rede.

Einer schon frühzeitigen Auflassung würde es durchaus entsprechen, daß Bernhard zu Anfang der siebziger Jahre mehrfach am Hofe des Erzbischofs von Köln erschien, daß er um diese Zeit auch eine anderweitige Lehnsverbindung mit Köln einging, ein ungenanntes Gut, dessen Ertrag man auf jährlich 25 Mark schätzte, vom Erzbischofe zu Lehen nahm [65]).

---

[61]) Wir haben darüber nur die Urk. Bernhard's III. vom Jahre 1245. Lipp. Reg. Nr. 235.
[62]) Vgl. darüber Nr. 2. der zweiten Beilage.
[63]) S. die Anmerk. zu Nr. 2. der zweiten Beilage.
[64]) Letztere Absicht scheint Bernhard anzudeuten in den Worten: ut quieta possessione perfruamur.
[65]) Während des großen sächsischen Krieges überträgt der Erzbischof dem Grafen von Arnsberg feudum Bernardi de Lippia, quod ab ecclesia Coloniensi tenuit. Vgl. Lipp. Reg. Nr. 99. Vor diesem Kriege mußte dasselbe also dem Bernhard verliehen worden

Freilich war der Vorgänger dieses Erzbischofs ein erbitterter Feind Heinrich's des Löwen gewesen: Helmold nennt ihn die Seele aller Pläne, welche die sächsischen Fürsten vor Kurzem gegen seinen Herrn geschmiedet hatten [66]). Aber Reinald's Nachfolger, Erzbischof Philipp, ließ zunächst die Feindschaft seines Vorgängers ruhen. Mochte er auch blos in der Absicht, den Schlag gegen den Herzog desto sicherer zu führen, so manchen westfälischen Herrn in seinen Lehns= verband ziehen; — zunächst war eine feindliche Gesinnuug nirgends bemerkbar. Daher konnte Herr Bernhard ungehin= dert dem Kölner sich anschließen: seine Verbindung mit dem Herzoge brauchte dadurch nicht gelockert werden [67])

So begegnet Bernhard am Hofe des Erzbischofs im Jahre 1170 [68]); nachdem er dann 1172 beim Bischofe Lud= wig in Münster gewesen [69]), finden wir ihn wieder beim Erzbischofe, als derselbe am 13. Mai 1173 die Klosterkirche zu Scheda weihte [70]). Aber auch Heinrich den Löwen, der gleich dem Erzbischofe ihm früher oder später Lehen gab,

---

sein, und da wir ihn nicht vor 1170 und nicht nach 1174 am Hofe des Erzbischofs finden, so wird man danach die Zeit der Be= lehnung bestimmen dürfen

[66]) Helmold 2, 7.

[67]) Danach, dann nach der oben erwähnten Belehnung und der gleich zu erweisenden Anwesenheit Bernhards am Hofe des Kölners er= ledigt sich die Bemerkung Barthold's (Gesch. v. Soest 8.), daß Bernhard als der treueste Anhänger Heinrichs des Löwen seine Stadt erst nach 1180 dem Kölner übertragen und, da er Grün= dung und Uebertragung als ganz gleichzeitig annimmt, auch erst nach 1180 gegründet haben könne.

[68]) Lipp. Reg. Nr. 75 mit ind. 15 statt 3, aber mit den überein= stimmenden Daten: 1170 a. decemn. cycli 12. conc. 3 und ao. ord. 2.

[69]) Lipp. Reg. Nr. 77.

[70]) Lipp. Reg. Nr. 79, wo im Datum zu ergänzen ist „et in dedi- catione ipsius ecclesie". Vgl. auch die Notiz ex vita beati Hermanni Acta Storum Juli I. 272.

dadurch seine Dienste belohnte⁷¹), sah Herr Berhard in diesem Jahre: als Heinrich am 14. August zu Paderborn herzoglichen Hof hielt, war auch er zugegen⁷²). Und als gälte es, nach beiden Seiten hin gute Beziehungen zu erhalten, ist er schon am 27. Februar 1174 wieder beim Erzbischofe, der damals zu Soest tagte⁷³).

Um diese Zeit, wenn nicht schon früher, wird es auch geschehen sein, daß Bernhard für sein Haus die Gattin warb⁷⁴). Durch wirthschaftlichen Geist hatte er sein Besitz-

---

71) Nach Justin beschenkte der Herzog seinen Feldherrn während des großen sächsischen Krieges, doch hatte der Herzog ja auch schon vordem Veranlassung, ihn zu belohnen. Namentlich kennen wir nur ein Lehen, welches Bernhard vom Herzoge trug: montem iuxta Stabellage, quem Bernardus de Lippia et filius suus cum ceteris bonis tenuerunt. Vgl. jedoch über die etwas zwei felhafte Urk. Nr. 2 der dritten Beilage.
72) Lipp. Reg. Nr. 80. Vgl. Weiland. Das sächs. Herzogthum 141.
73) Lipp. Reg. Nr. 78 zu 1173, ebenso Winkelmann S. 68; doch wechselte man in der Kanzlei Erzbischof Philipp's Jahr und Indiktion mit dem 25. März (oder mit Ostern?); also gehört die Urk. zu 1174
74) Winkelmann S. 69 setzt die Heirath nach Beendigung des sächsischen Krieges, also etwa in's Jahr 1182. Frühestens in demselben Jahre konnte den Neuvermählten der erste Sohn geboren werden. Und doch nimmt dieser Sohn seit 1193 an allen Handlungen des Vaters Theil; schon 1194 erscheint er als Vogt von Liesborn, als Stellvertreter des Vaters, und nach Winkelmann's Annahme hätte Bernhard in eben diesem Jahre dem Sohne seine ganze Habe übergeben. Also ein Kind von 12 Jahren gibt seine Zustimmung zu Verträgen eines Klosters, das in dem Kinde seinen Vogt verehrt, und das Kind ist der Stellvertreter des Vaters! Einem Kinde von 12 Jahren vertraut der Vater Wohl und Wehe seines Landes! Und dieses Kind hatte noch zehn jüngere Geschwister. Der Vater verläßt die Kleinen, wo es doch seine heiligste Pflicht gewesen für deren Erziehung zu sorgen. — Wollte man etwa auf die Worte verweisen, mit denen Bernhard vor seinem Eintritt ins Kloster seinen Verwandten den Sohn empfahl:

thum gehoben, durch Schenkungen und Belehnungen der Großen, denen er gedient, soll er es gemehrt haben [75]); er war selbst ein Mann, dessen Name auch über die Heimat hinaus einen guten Klang hatte: er durfte seinen Blick wohl auf ein schönes und reiches Fürstenkind richten.

Nicht in der Heimat hat er die Gattin gesucht. Wo von steilen Felsen die Altenahr in ein liebliches Thal schaut, blühte dem Grafen Ulrich [76]) eine anmuthige Tochter. Ihres Vaters Geschlecht zählte zu den ersten in rheinischen Landen. Aber auch in Westfalen war der Name nicht unbekannt. Ein Bruder Ulrich's war jener Friedrich, der von 1152 bis 1168 den bischöflichen Stuhl von Münster einnahm [77]); ein

---

Quidquid aget, vestro faciat moderamine: lima
  Aetatis tenerae vos precor este sibi. — Justin. v. 701 f.

so würde ich dagegen bemerken, daß diese Empfehlung auch dann noch, wenn sie sich auf einen jungen Mann von 25 bis 30 Jahren bezieht, am Platze wäre. Im Uebrigen würde ich auf Vers 516 verweisen; da heißt Hermann robur auxiliare patris, erhält also ein Epitheton, das man von einem ganz jungen Manne nicht wohl gebrauchen kann

[75]) Candida fama viri toto crebrescit in orbe,
  Hunc vocat, hunc optat nobilis atque potens.
Adsciscunt comitem bellorum, praemia donant.
  Aes, vestes et equos, praedia, prata, domos.
Sic auget, non deminuit res ipse paternas
  Providet et propriis cum ratione bonis,
Largitur danda, retinet retinenda, notatque
  De quibus et quando, scitque tenere modum.
— Justin, v. 151—58.

[76]) Graf Ulrich begegnet in Urkunden von 1130—1197, zunächst als Graf von Ahr, später heißt er meist comes de Nurberg, während sein älterer Sohn Gerhard sich nach der Burg (Alten)ahr nennt: z. B. 1189 bezeugen eine Urk. des Erzbischofs von Köln: Ulricus comes de Nurberg et eius filius Gerhardus comes de Are. Beyer Mittelrh. U.-B. II. 133, 149.

[77]) Eine Urk. des Abtes von Siegburg bezeugen: Gerhardus Bonnensis prepositus, Fridericus frater eius postea Monasteri-

Brudersfohn trat in das Kloster Kappenberg, dessen Propst und Abt er später ward [78]). Solche Verbindungen mochten Bernhard mit dem Grafen selbst zusammen führen, ihm die Ehe mit der Tochter vermitteln. Zwar mußte er dem Grafen aus altem, angesehenem Hause als Emporkömmling erscheinen; aber einem Manne von Bernhards Ruf konnte Graf Ulrich das Jawort nicht versagen. Auch Heilwig [79]) war zufrieden oder wußte vielmehr dem Vater Dank, als sie den Verlobten gesehen, und sie gegenseitig sich lieben gelernt. Denn wenn Justin ihr Verhältniß nicht nach bloßer Willkür schildert, so war die schöne, tugendhafte und kluge Frau ihrem Ehemanne ebenso zugethan, als der rauhe Mann die vollendete Weiblichkeit in ihr verehrte [80]). Eine zahl-

---

ensis episcopus. Lacomblet Niederrh. U.=B. I. 254. Eine Urk. Erzbischof Philipp's von Köln nennt den Propst Gerhard von Bonn einen Bruder des Grafen Ulrich (von Ahr). Lacomblet IV. 780. Also war auch Bischof Friedrich von Münster ein Herr von Ahr.

[78]) S. die Notiz aus dem cartul. Meerens. monast. bei Lacomblet I. 287 Anm. 1.

[79]) Ihren Namen nennt Bernhard selbst Lipp. Reg. Nr. 125. 165. — Daß sie eine Tochter des Grafen Ulrich war, (nicht des Grafen Gerhard, wie Preuß und Falkmann Lipp. Reg. Tafel I. annehmen möchten), ergibt sich z B. aus Folgendem: Auctor incert de rebus Ultraj. 11 nennt den Grafen Gerhard von Ahr einen Bruder Theodorich's II. von Utrecht (1198—1212), und nach demselben auctor incert. 13 war Otto II. von Utrecht (1215—1227) frater Hermanni de Lippia, filius sororis episcopi Theodorici. Da nun Hermann von der Lippe ein Sohn Bernhard's und Graf Gerhard von Ahr nach Anmerk. 78 ein Sohn Ulrich's von Ahr, so waren Bischof Theodorich und die Mutter Hermanns oder Gemahlin Bernhard's von der Lippe Kinder des Grafen Ulrich von Ahr.

[80]) Tandem prole volens genus amplificare, mariti
 Accepta sponsa nomen habere cupit.
 Ducitur en uxor Rheni de finibus orta,
  Arensis comitis, filia digna patre,

reiche Nachkommenschaft ist denn auch aus dieser Ehe hervorgegangen.

Wohl nicht lange, nachdem Bernhard die Gattin heimgeführt, hat er sich der häuslichen Ruhe erfreut. Es war die Zeit neuer bedeutungsvollerer Kämpfe gekommen. Der Kaiser hatte die Schlacht von Legnano verloren, vornehmlich durch die Schuld Heinrich's des Löwen, der seine Hülfe verweigert hatte. Jetzt mochten alle Gegner Heinrich's stolz ihr Haupt erheben; denn wie sehr der Kaiser vordem ihren Plänen entgegen war, jetzt durften sie auf seine Unterstützung rechnen.

Da mußte denn der westfälische Adel zeitig auf eine Parteinahme bedacht sein. Er wohnte ja zwischen Heinrich dem Löwen und dessen mächtigstem Gegner, dem Erzbischofe von Köln. Ueber das kölner Gebiet bis an den Rhein hatte Heinrich seine Gewalt ausdehnen wollen. Einstweilen ihn nicht reizen, leidliche Beziehungen mit ihm erhalten und für die Stunde des Kampfes rüsten, war die Aufgabe der kölner Politik gewesen, seitdem der erste Angriff auf Heinrich im Jahre 1167 so erfolglos geblieben. Nun hatte die Stunde geschlagen; ob der Erzbischof für immer den Ansprüchen Heinrich's ein Ziel setzen, ob er ihn aus Westfalen verdrängen, für sich das Herzogthum gewinnen könne, — diese

---

Filia digna patre digno, dignus pater ipsa
   Nobilitas, virtus par in utroque patet.
Sponso sponsa placet, versa vice sponsa maritum
   Diligit etc. Justin. 304—317. — Nach dem letzten Verse wird man annehmen müssen, daß die Verlobten sich vor der Verlobung nicht gekannt haben. — In den folgenden 26 Versen singt Justin ein Loblied auf Heilwig, in dem er sie an Schönheit der Helena, an Züchtigkeit der Martia des Cato vergleicht und manches Gute ihr nachrühmt. Viel wird nicht darauf zu geben sein; doch wird man glauben dürfen, daß sie schön und gut gewesen sei. Jedenfalls kann man einstimmen in den Schluß: Felix conjugium etc. Elf Kinder sind Beweis.

Fragen sollten jetzt beantwortet werden, sollten wenigstens zum Theil auf westfälischem Boden beantwortet werden. So mußte sich der westfälische Adel für den Einen oder Anderen entscheiden. Neutralität war hier unmöglich.

Für Herrn Bernhard mochte diese Entscheidung nicht ohne Schwierigkeit sein. Gerade in letzter Zeit hatte er sich enger dem Erzbischofe angeschlossen; dreimal fanden wir ihn in den siebziger Jahren beim Erzbischofe, dessen Lehnsmann er ja auch war: nur einmal bei Heinrich dem Löwen. Dennoch entschied er sich für den Letzteren; alte Kriegsgenossenschaft verband ihn mit Heinrich, aber auch eine gewisse Gleichheit der Stellung. Der immer mächtiger werdende Herzog sah sich von allen norddeutschen Fürsten befeindet; Herr Bernhard hatte sich durch die Gründung der Lippstadt, durch den Aufschwung seines Hauses die Feindschaft der umwohnenden Großen zugezogen [81]).

Und wie denn der noch verhaltene Streit der Herren zuerst wohl unter den Dienern zum Ausbruche kommt, so geschah es auch hier. „Während der Erzbischof noch in Italien war [82])", wird uns erzählt, „befehdeten sich dessen und des Herzogs Anhänger. An der Spitze der kölnischen Partei stand der Graf von Altena [83]); die Freunde des Herzogs führte Bernhard von der Lippe". Man plünderte und brandschatzte;

---

[81]) Carpitur invidia vicinia tota potentum,
   Sic exaltatum dum videt esse virum. Justin. v. 183—84.
[82]) Nach den Annal. Colon. max. Monum. Germ. XVII. 788 war er im Mai 1176 nach Italien gekommen; dort begegnet er zum letzten Male am 27. August 1177: Böhmer Reg. Imp. 2592
[83]) Graf Arnold erscheint bald nach der Rückkehr des Erzbischofs wiederholt in dessen Begleitung. Vgl. Erhard Reg. hist. Westf. Nr. 2019 (offenbar zu 1177, statt zu 1176 gehörig) 2029, 2030, 2031. Ebenso seine Brüder, der kölner Dompropst Adolf und Graf Friedrich, der nach cronaca Altinate (im Archivio stor. Ital. VIII. 117.) den Erzbischof nach Italien begleitet hatte.

zu einem bedeutenderen Zusammentreffen scheint es nicht gekommen zu sein⁸⁴).

Gleichzeitig, — wir wissen nicht, ob im Zusammenhange mit dieser Fehde, — hatten Feinde des Bischofs von Münster, der auch damals nach Italien gezogen war, die Gelegenheit benutzt, das Bisthum zu beunruhigen. Wahrscheinlich war Bischof Hermann auf die sofortige Kunde in die Heimat geeilt ⁸⁵). Ohne ängstliche Wahl, ob seine Bundesgenossen kölnisch oder welfisch gesinnt seien, verband er sich mit Herrn Bernhard und dem Grafen Simon von Tecklenburg ⁸⁶).

---

⁸⁴) Inter haec quod archiepiscopus Coloniensis erat in Italia, inter amicos ejus, videlicet comitem de Altena et suos coadjutores, et amicos ducis Saxoniae, videlicet Bernhardum de Lippia et suos, incendia et rapinae aguntur. Gobelin. Person. ap. Meibom. Scr. rer. Germ. I. 272.

⁸⁵) Kein Anderer, als Gobelin weiß von einer Reise des Bischofs nach Italien. Doch ist kein Grund, seine Angabe zu bezweifeln. Nur wird man annehmen müssen, daß der Bischof über jene Unruhen benachrichtigt, Italien schnell wieder verlassen habe, spätestens im Frühjahre 1177. Denn während die Kaiserurkunden des Jahres 1176 so spärlich sind, daß wohl mancher Fürst, der damals dem Kaiser gefolgt war, sich nicht als Zeuge nachweisen läßt, werden die Urkunden vom Jahre 1177 so zahlreich, daß der Bischof nothwendig als Zeuge erscheinen müßte, wenn er am Hoflager gewesen wäre. Keinesfalls hat er dem Friedensschlusse zu Venedig beigewohnt; denn in dem so genauen Verzeichnisse der Anwesenden, wie es in der cronaca Altin. l. c. enthalten ist, — aus Westfalen werden genannt: Anno Mindensis ep., Arnaldus Osnabrugensis ep. — fehlt sein Name.

⁸⁶) Bekanntlich wurde der Graf schon im folgenden Jahre von den Kölnischen gefangen, chron. Repgow. ed. Massmann 426. Er trat dann zum Erzbischofe über, erscheint schon am 21. Juni an dessen Hofe — Erhard Reg. hist. Westf. 2043 — und kämpft für ihn oder dessen Partei in der Schlacht auf dem Halerfelde (1. August 1179). Dort von den Herzoglichen gefangen — Arn. Lub. 2, 27. Gobelin. l. c. 273 et al. — schließt er sich wieder enger an den Herzog und zeichnet sich in dessen Dienste namentlich durch die Vertheidigung Lübeck's aus.

Gemeinschaftlich zerstörten sie die Schlösser Ahaus und Diepenau, so den Friedensbruch bestrafend [87]). Auch urkundlich finden wir beide Herren im Jahre 1177 beim Bischofe von Münster [88]). Ueberhaupt hatte noch nicht Jeder Partei genommen oder wenigstens seine Partei noch nicht bestimmt ausgesprochen: wie die Welfen Bernhard und Simon zu Münster begegnen, so Bernhard in demselben Jahre zu Paderborn; neben Wibukind von Schwalenberg, wenigstens später einem Anhänger des Erzbischofs, überläßt Bernhard dem Bischofe einen Zehntenantheil, welchen ihm zwei Ministerialen verzichtet haben [89]). Ja, im Beisein und mit Genehmigung seines getreuen Bernhard von der Lippe bestätigt der Bischof von Münster noch im folgenden Jahre, als er doch längst mit dem Erzbischofe in engerer Verbindung stand [90]), dem Kloster Kappenberg einen Zehnten, den Bernhard vom Bischofe, von Bernhard ein Liutbert von Bevern zu Lehen trug [91]).

Doch damit hatten auch die freundlichen Beziehungen

---

[87]) Monasteriensis episcopus rediens ab Italia contra eos, qui in absentia sua dioecesin suam inquietaverant, arma corripiens, junctis sibi comite Tekeneborch et Bernhardo de Lippia, castella quaedam, videlicet Ahusen et Diepena destruxit. Gobelin. l. c. 272.
[88]) Lipp. Reg. Nr. 474 a. Erhard cod. dipl. Westf. II. 139. — Noch ein dritter Anhänger Heinrich's des Löwen, Wibukind von Rheda, erscheint im Jahre 1177 am Hofe des Bischofs und zwar zu wiederholten Malen.
[89]) Lipp. Reg. Nr. 82. Statt ind. 7 ist ind. 10 zu lesen.
[90]) Die Verhandlungen wurden unzweifelhaft durch den Dompropst Bernhard von Münster geleitet: er erscheint im Jahre 1177 als Zeuge mehrerer Urkunden des Erzbischofs. Erhard Reg. hist. Westf. 2019. (vgl. S. 137, Anm. 83. 2029. 2030. 2031.
[91]) Lipp Reg. Nr. 84. — Daß der Verkauf, wie es dort heißt, mit Bernhard's Genehmigung vollzogen sei, steht eigentlich nicht in der Urk. Nach deren Wortlaut bezieht sich Beisein und Genehmigung auf die Bestätigung des Bischofs.

ihr Ende erreicht. Noch im Jahre 1177 soll Heinrich der Löwe unsern Edelherrn beauftragt haben, den Leuenberg zu besetzen. Wenn nicht im Gebiete des Grafen von Ravensberg, eines treuen Anhängers der kölnischen Partei, so lag dieser Berg doch hart an den Grenzen der gräflichen Besitzungen 92); denn anders würde es sich wohl nicht erklären, daß die Besetzung der nun von Bernhard stark befestigten Burg zu schweren Irrungen gerade mit dem Ravensberger führte 93). Nur von diesen Irrungen, nicht von deren Austrage wird uns erzählt.

---

92) Man erblickt in diesem Leuenberg den Sparenberg bei Bielefeld; Graf Hermann von Ravensberg habe den Berg erobert und ihn nun, wie er früher nach dem Wappen Heinrich's des Löwen Leuenberg geheißen habe, nach seinem Wappen Sparenberg genannt. Vgl. Lebebur Gesch. der vormaligen Burg und Festung Sparenberg 5 ff. Doch scheint die gleich zu erbringende Stelle Gobelin's zu beweisen, daß der Berg schon Leuenberg hieß, als Herr Bernhard ihn besetzte. Woher also die Beziehung zu Heinrich dem Löwen? Etwa aus der weiteren Vermuthung, daß Herr Bernhard den Berg schon früher einmal nach dem Wappenbilde seines Herzogs benannt habe? Und steht es ferner von vornherein fest, daß die Ravensberger ihre Burg im Gegensatze zu einem früheren Namen benannten? Ich denke nicht, zu allen Zeiten hat man Burgen nach seinem Wappen benannt. Dennoch kann die obige Vermuthung richtig sein, nur fehlt ihr die innere Begründung. Freilich glaubt Lebebur a. a. O. 7. eine solche gefunden zu haben, nämlich in dem Umstande: „daß die Burg Leuenberg seit dem ersten Auftauchen ihres Namens in der Geschichte auch spurlos wieder verschwindet, bis wir nach einem Zwischenraume von 80 Jahren zum ersten Male von einer Burg Sparenberg hören." Aber wie kann dieser Umstand für die Identität von Leuen- und Sparenberg zeugen?

93) Eodem anno (1177) Bernhardus de Lippia ex parte ducis Henrici montem Leuenberg occupat et praesidiis munit, quod postea inter eundem Bernhardum et Hermannum comitem de Ravensberg gravis discordiae seminarium fuit. Gobelin. Person. l. c. 273.

Sagenhaft und unzuverlässig sind die weiteren Nachrichten. Eben eine Sage läßt ihn die ravensberger Stadt Cleve zerstören⁹⁴). Besser, doch keineswegs gut beglaubigt ist eine andere Unternehmung, auch bleibt die Entwicklung und der Zusammenhang sehr im Ungewissen.

Dietrich von der Horst⁹⁵), ein Dienstmann des Bischofs Arnold von Osnabrück, von dem er die Gaugrafschaft Damme und Neuenkirchen⁹⁶) zu Lehen trug⁹⁷), lag mit

---

⁹⁴) Nach Hechelmann S. 105. 106 ohne nähere Quellenangabe.

⁹⁵) Urkundlich kann ich denselben nur einmal nachweisen: 1188 bestätigt Clemens III. dem Erzbischofe von Hamburg unter Anderem ex dono Theodorici de Horst censum unius aree. Lappenberg Hamb. U.=B. I. 246. Später erscheinen die Horst, wohl zu unterscheiden von den Harst, vielfach unter den Ministerialen der Bischöfe von Osnabrück.

⁹⁶) Die Orte liegen in der Südspitze des heutigen Oldenburg; sie gehörten damals — vgl. z. B. die Urk. Bisch. Adolf's von 1221, Möser Sämmtl. Werke VIII. 173 — zum Sprengel von Osnabrück.

⁹⁷) Urkundlich kann ich einen Horst erst 1332 im Besitze der Gaugrafschaft nachweisen. Da verkauft Helmbert von Horst dem Edlen von Diepholz judicium in Damm et aliorum parochialium circumiacentium, (darunter sicher das benachbarte Neuenkirchen) quod vulgariter gogravescop dicitur. Hobenberg Diepholzer U.=B. 20. — Daß dabei eines Lehnsherrn keine Erwähnung geschieht, ist für die damalige Zeit sehr natürlich. Freilich fehlt mir auch für die frühere Zeit der Beweis, daß die Gaugrafschaft von Osnabrück zu Lehen ging. Aber wie hätten die Horst als Dienstmannen eine Gaugrafschaft besitzen können, wenn nicht als Lehen ihrer Herren? — Noch muß ich bemerken, daß nach Möser Sämmtl. Werke VII. 54 erst Heinrich (VII.) dem Bischofe die Gaugrafschaft verliehen hätte; aber die von Möser angezogene Urk. sagt nur, daß Heinrich dem Bischofe gestattet habe, in genannten Villen, worunter sich eben unser Damme befindet, eigene Gaugrafen zu bestellen, das heißt: er hob diese Villen aus der Gerichtsbarkeit des gogravius rurensis, unterstellte sie einem gogravius villae oder civitatis.

seinem Herrn in Fehde. Als Anhänger Heinrich's des Löwen mochte er ihm den Gehorsam verweigert haben, und gewiß nicht im bloßen Vertrauen auf die eigene Kraft. Sein unmittelbarer, in Damme selbst begüterter [98]) Nachbar war ja der Welfe [99]) Simon von Tecklenburg. Daher wird auch Bischof Arnold um einen Bundesgenossen geworben, einen Solchen im Bischofe von Münster gefunden haben. Mit vereinigter Kraft suchten sie Dietrich's Veste Hintkamp zu brechen; schon sollen sie vier Monate davor gelegen haben, als Herr Bernhard herbeieilte und die Belagerer zurückschlug, am 28. Oktober oder 2. November [100]).

---

[98]) So verpfändet Graf Simon im Jahre 1186 dem Bischofe von Osnabrück curiam in Damme. Möser Sämmtl. Werke VIII. 115. — Freilich war Herr Simon während der Belagerung, die Dietrich nun auszuhalten hatte, von Juli bis November 1178, schon zum Uebertritte gezwungen worden (vgl. S. 138 Anm. 86), doch kann meine Vermuthung dadurch nicht beeinträchtigt werden.

[99]) Vgl. S. 138 Anmerk. 86.

[100]) Webbige Westf. Magazin I c. 65 gibt ein „Fragment aus einer in dem wolfenbüttelschen Archive befindlichen Urkunde, Graf Bernhard II. von der Lippe betreffend: Zu Zeiten der Unruhen unter Henrico Leone wollten sich die Bischöfe zu Osnabrück und Münster von der Erb- und Gaugrafschaft Damme und Neuenkirchen gern Meister machen und hatten deshalb des Emmerici Sohn, Dietrich von der Horst, schon vier Monath in dem festen Hause Hintkampe belagert: aber der berühmte Graf Bernhard von der Lippe kam ihm mit einigen Völkern zu Hülfe und schlug sie davor weg in festo Storum. oder sti. Simonis, — welches wegen der Abbreviation in der alten Schrift sich nicht recht unterscheiden läßt". — Zunächst ist zu bemerken, daß es nach dem Wortlaute zweifelhaft bleibt, ob eine wirkliche Urk. gemeint oder ob Urk. in dem Sinne von Ueberlieferung gebraucht ist. Der Zusatz: „Graf Bernhard von der Lippe betreffend", scheint mehr für die letztere Deutung zu sprechen; doch pflegte man ja auch wohl in Urkunden merkwürdige Ereignisse mitzutheilen, sei es daß die Ereignisse mit dem beurkundeten Gegenstande (wie z. B. bei Seibertz U.-B. I. 122) in engerer Verbindung standen, sei es daß man dieselben (wie z. B.

Vielleicht bot gerade diese Entfernung von der nächsten Heimat Bernhards Feinden die willkommene Gelegenheit, in seine Besitzungen einzubrechen. Raubend und sengend, erzählt Justin, hätten sie dieselben verheert. Wohl mag Bernhard herbeigeeilt sein, sich zur Wehr gesetzt haben; aber der Feinde waren zu Viele, vor ihrer Uebermacht mußte er weichen. Von treuen Dienern begleitet, verließ er den väterlichen Boden. Sein Weg ging zu Heinrich dem Löwen, der ihn mit Freuden und Ehren empfing [101]). Von Heinrich unterstützt,

---

bei Gersdorf Cod. dipl. Sax. II a. 60) ohne weitere Verbindung der Urk. anhängte. — Zweitens ist das Jahr zu bestimmen. Da es heißt: „Zu Zeiten der Unruhen unter Henrico Leone", so ist wohl nur an die Jahre 1177 bis 1181 zu denken. Das erste Jahr ist zu verwerfen, weil Bernhard auch den Bischof von Münster zurückschlägt, er aber 1177 und Anfangs 1178 mit Bischof Hermann in friedlichen Beziehungen steht. Vgl. S. 139 Anmerk. 87—89. Weiter: 1179 in die Judae, das heißt auch: am 28. Okt., kehrte Bernhard von der Belagerung Soest's zurück, wandte sich gegen Medebach und zerstörte diese Stadt. Also konnte er weder in festo sti. Simonis, noch vier Tage später, das heißt: in festo Storum, in ganz anderer Gegend thätig sein. Auch wissen wir, daß er nach der Zerstörung Medebach's aus Westfalen vertrieben wurde. Nun wird er von Heinrich in die Feste Haldensleben gelegt, dort oder in der Verwüstung des magdeburger Gebiets hat er unzweifelhaft das Ende des Jahres 1180 verbracht. Am 28. October 1181 aber (oder am 2. November) waren die Welfen auf allen Punkten besiegt; damals war Bernhard zur Verrichtung einer That, wie sie unser Fragment berichtet, nicht mehr im Stande. Es bleibt also nur das Jahr 1178.

[101]) Mens elata viri dominos movet; arma capessunt
   Insidiasque parant; cedere spernit eques.
Mox armata cohors se congregat; igne, rapinis
   Grassatur, terram despoliando viri
Viribus ille nequit tantis obsistere, cedit
   Hostibus et patriam deserit exul humum
Saxoniae partes famulis comitantibus intrat,
   Quos novit dignos strenuitate, fide.

sammelte er nun ein Heer, um seine und des Herzogs Feinde in der Heimat zu bekämpfen. Bald erscholl hier sein Kriegs=
ruf, gewaltiger und schrecklicher, als vordem [102]).

Zwar wissen wir nicht, ob Herr Bernhard schon an der Schlacht auf dem Halerfelde [103]) Theil nahm; wohl aber erzählt die Ueberlieferung, wie er diesen Sieg seiner Freunde zu benutzen verstand. Verbündet mit Wibukind von Rheda [104]), seinem Freunde und Verwandten [105]), beabsichtigte er die

---

Suscipit hunc huius patriae dux, cuius ad aures
    Venit fama diu de probitate viri. — Justin. v. 189—198.

In den folgenden Versen (199—226) schildert Justin das Lob, welches Bernhard am Hofe ärntete, ferner wie der Herzog ihn zu seinem Feldherrn macht, wie Bernhard sich dieser Ehre würdig zeigt, wie er kühn und klug und meist siegreich ist u. s. w. Deswegen:
A duce laudatur miles, quem sensus Ulixis
    Junctus Achillea strenuitate beat.

Justin giebt, wie man sieht, eine allgemeine Schilderung, die ebenso gut auf jeden andern tüchtigen Feldherrn paßt; für unsere Darstellung ist sie werthlos.

[102]) Protinus armatam fidens athleta cohortem
    Colligit auxilio subveniente ducis. — Justin. 227—28.

[103]) Daß die Schlacht nicht 1180, wie Erhard Reg. hist. Westf. 2084 und Andere behaupten, sondern 1179 geliefert wurde, hat Cohn in den Gött. Gel. Anz. 1866, 606 bewiesen.

[104]) Wibukind war Vogt von Rheda, Liesborn und Freckenhorst, nicht aber von Münster, wie von Alten in der Zeitschr. des hist. Vereins für Niedersachsen 1858, 28 behauptet, denn in der marien= felder Stiftungsurk. von 1185, worauf Alten sich beruft, heißt Wibukind einfach advocatus, nicht etwa advocatus Monaste- riensis. Uebrigens hat von Alten seine Regesten sehr vollständig gesammelt; soweit ich sehe, fehlt nur die Zeugenschaft einer Urk., welche Bischof Hermann von Münster 1177 für die Rüdenberger ausstellt. Seibert Quellen II. 465.

[105]) Seinen Verwandten nennt Bernhard ihn: Lipp. Reg. Nr. 165; aus ihrem häufigen Zusammensein wird man auf ihre Freundschaft schließen dürfen. Vgl. Lipp. Reg. Nr. 79. 93. 96. 97. 100. 103. 108. 474 b.

zweite Stadt des Erzbischofs, das mächtige Soest, in seine Gewalt zu bringen. Die ganze Umgegend verwüstend, nahten die zwei Helden, Jeder des Anderen würdig, Beide gleich gewaltig, vor Niemanden und Nichts zurückschreckend, wenigstens alle Landsleute an kriegerischem Ruhme übertreffend. Aber wie „unsittig", um einen Ausdruck der Zeit zu gebrauchen, Herr Wibukind, der „männliche Held" [106]), auch gegen die Soester entbrannte; welch kluge Pläne auch Herr Bernhard schmiedete: — Soest war zu stark befestigt; diese Mauern brachte weder Gewalt, noch List zum Wanken. So mußte man denn die Belagerung aufgeben. Desto

---

[106]) In »des Landgrafen Ludwig's des Frommen Kreuzfahrt«, herausgegeben von v. d. Hagen, wird von Wibukind gesungen:
   Der heidenschaft tzu nide
   was da der vogt von Ride,
   Witkhe was geheizen der,
   der heiden tot was sin ger. Vers 980—84.
Vers 2095 heißt er: „gegen den vienden der unsitige" und Vers 1436: „ein menlich held, von arde fri". Vgl. Vers 1609. Von diesem Wibukind oder vielmehr seinem Stammsitz bemerkt Funkhänel in den Forschungen zr. deutschen Gesch. VI. 627: »Ist dies Ribe jenes Riabe an der Unstrut, wo nach Widukind. Monum. Germ. III. 434 Heinrich I. die Ungarn schlug, so konnte er als Thüringer dem Gefolge des Landgrafen, oder wenn er Vogt auf einem Reichsgute war, dem kaiserl. Heere angehören.« Auf diese Vermuthung wird dann — »da ja bekanntlich in ablichen Familien gewisse Vornamen erblich waren« — die weitere Vermuthung gebaut, unser Wibukind gehöre zum Geschlechte jenes Wibo, der nach Widukind. l. c. eine Schwester König Heinrich's I. zur Gattin hatte. Letzteres findet Kirchhoff in den Forschungen VII. 584 nicht recht begründet, aber an Wibukind's thüringische Abstammung scheint er doch zu glauben und für die Frage, wo die Ungarnschlacht stattgefunden habe, Funkhänel's Hinweis nicht ganz bedeutungslos zu finden. Und doch hat unser Ribe, Rethen, Rethe == Rheda ebenso wenig mit Riabe und der Ungarnschlacht gemein, als Herr Wibukind von Rheda mit dem Schwager Heinrich's I.

schrecklicher sollte jetzt Medebach den Zorn der Beiden fühlen: es war die schwächere Tochterstadt, — denn wie Lippstadt hatte auch Medebach sein Recht von Soest entliehen, — die für den erfolgreichen Widerstand der Mutterstadt büßen mußte. Ob etwa auch wirthschaftliche Momente das Unternehmen, wenn nicht bedingt, so doch begleitet haben? Daß Bernhard sich gerade gegen Soest und Medebach wandte, — geschah es vielleicht in der Erwägung, um wieviel herrlicher seine Lippstadt, über deren Geschicke wir aus dieser Zeit leider Nichts vernehmen [107]), nach dem Falle der Mutter- und Schwesterstadt erblühen mußte? Und wenigstens die Letztere ward jetzt gebrochen, um viele Jahre in ihrer Entwicklung zurückgesetzt: am 28. October hoben Bernhard und Wibukind die Belagerung Soest's auf, sie rückten gegen Medebach und legten es in Asche [108]).

Auch Justin weiß von der Einnahme eines Ortes; doch bleibt dahin gestellt, welchen Ort er meint.

Da ist Bernhard dem Orte schon näher gerückt; in gewohnter Klugheit läßt er Halt machen, um die Macht der Feinde zu erproben. Er hat Grund, dieselben als überlegen zu fürchten; es gilt daher sein Heer zu verstärken. Unter Androhung der Todesstrafe befiehlt er allen Landbewohnern, mit ihren scharfen Ackergeräthen zu ihm zu stoßen. Dann

---

[107]) Daß man aus diesem Umstande nicht folgern darf, Lippstadt habe damals noch nicht bestanden, brauche ich wohl nicht zu sagen; unter der Verwüstung, welche Bernhard's Land erfuhr, mag auch die Stadt gelitten haben; doch ist es auch möglich, daß die Feinde sich die Stadt zum Stützpunkte ausersehen und sie so nach dem allgemeinen Frieden unversehrt ihrem Herrn zurückgegeben haben.

[108]) Eodem tempore (sc. pugnae Halerveldensis) Bernhardus de Lippia et Witekindus de Rheden contra Zusatum armata manu tendentes, provincia circumquaque incendia vastaverunt et in die Juda divertentes oppidum Medebecke concremarunt. Gobelin. l. c. 273.

läßt er die Waffen der Seinen gegen die Sonne kehren, daß der Feind aus dem Glanze derselben auf eine weit gewaltigere Macht schließe. Nicht umsonst; die Kundschafter, welchen die Feinde entsandten, melden von einem gewaltigen Heere. In wilder Flucht verläßt der Feind den Platz, in welchen Bernhard nun einzieht. Dem leichten Siege folgt zuerst der Genuß einer reichen Beute; dann werden von dem eroberten Platze aus wiederholte Raub- und Streifzüge unternommen [109]).

Vor Allem gelten Bernhard's Unternehmungen dem Erzbischofe von Köln, dem ja auch Soest und Medebach gehörten. Mit anderen Fürsten lag der Erzbischof damals vor Halbensleben [110]), jetzt wie im Jahre 1167 einem viel un-

---

[109]) Justin. v. 235—272.
[110]) Nach den Lipp. Reg. Nr. 81, denen Hechelmann S. 109 sich anschließt, hätte Bernhard damals die Vertheidigung geleitet und die Belagerer durch Anzünden des Torfmoors in große Noth gebracht. Aber weder das chron. mont. ser. 44. und die annal. Pegav. 263, aus denen allein Hechelmann die Belagerung von 1179 kennt, noch die anderen Quellen, welche der Belagerung erwähnen, nämlich annal. sti. Petri Erphesf. Monum. Germ. 24. annal. Palid. 95. (wo die vom Herausgeber empfohlene Ausfüllung der vorhergehenden Lücke: „castrum Haldesleve obsedit unrichtig ist, weil dann eben aus den annal. Palidens. drei Belagerungen sich ergäben, während doch nur zwei stattfanden) annal. Magdeb. 194 Aquens. 686 zum Jahre 1180, endlich Gobelin. 272, bieten einen Beleg für Hechelmann's Behauptung. Somit würde man die damalige Vertheidigung Halbensleben's ohne jeden positiven Beweis dem Lipper zuschreiben. Aber es gibt auch positive Beweise, daß Bernhard die Vertheidigung von 1179 nicht geleitet hat. a) Nach den annal. Pegav. l. c. wurde die Belagerung am 1. Oktober 1179 begonnen, und vier Wochen später, nachdem die Belagerer sich entzweit hatten, allmälig aufgegeben. Frühestens sechs Wochen nach dem 1. Oktober hätte also Herr Bernhard die Veste verlassen können. Und doch hat er nach Gobelin. l. c., dessen Angabe

ſtrittenen Stützpunkte der welfiſchen Macht. Aber mehr, als an der Einnahme dieſer Feſtung, mußte dem Kölner daran liegen, ſeine eigenen Lande vom Feinde zu ſäubern; da noch ein Streit mit den Fürſten hinzukam, da alle Oſtſachſen heimkehrten, verließ er die Belagerung, die bald darauf auch von dem Erzbiſchofe von Magdeburg aufgegeben wurde, und rückte gegen die Verwüſter ſeines Landes. Ihm war Herr Bernhard nicht gewachſen; „von ihm zurückgeſchlagen"¹¹¹), mußte der „Räuber" Weſtfalen verlaſſen ¹¹²).

Wieder ging er zum Herzoge, der den Mann um ſo mehr zu ſchätzen wußte, als der Eine nach dem Andern von ihm abfiel. Reicher als vordem ſoll er ihn beſchenkt, der ganze Hof ihn zu ehren gewetteifert haben ¹¹³). Wohl am Meiſten ehrte ihn der Herzog ſelbſt: er gab ihm den Auftrag einen höchſt wichtigen Punkt ſeiner ſchwindenden Macht zu

---

Hechelmann keinem andern Jahre zugetheilt hat, und auch ohne Grund zutheilen würde, am 29. October 1179 die Belagerung Soeſt's aufgegeben, um ſich gegen Mebedach zu wenden. b) Gobelin, deſſen Angaben hier unzweifelhaft auf zuverläſſiger Quelle beruhen, ſtellt Bernhard's Zug gegen Soeſt und des Kölners Zug gegen Haldensleben als gleichzeitige Ereigniſſe dar: Eodem tempore Bernhardus de Lippia et Witekindus de Rheden contra Zusatum etc. Archiepiscopus autem Coloniensis e contra exercitum dirigit contra ducem in Saxoniam et castrum Haldensleve obsedit.

¹¹¹) Bernhardus de Lippia a Coloniensi quia praedo erat repulsus etc. Annal. Pegav. 264.

¹¹²) Nach Juſtin kehrt Bernhard durchaus ſiegreich zurück und ſchließt damit ſeine kriegeriſche Thätigkeit: man ſieht, Juſtin weiß nur, was Bernhard auf weſtfäliſchem Boden vollbracht; was er in Oſtſachſen gethan, blieb ihm ganz unbekannt.

¹¹³) Ante fuit gratus, modo gratior, eius honorem
Amplificare studet curia tota ducis. — Juſtin. v. 278—279.
— Nach Hamelmann Opera Geneal. hist. 394 (vgl. Meibom Scr. I. 438) hätte Heinrich ihm die Vogtei über Kloſter Engern geſchenkt.

schützen, von dort aus den Feinden zu schaden. Es war Haldensleben, vor welchem nach der Anschauung eines Chronisten fünfzehn Jahre früher der Krieg entbrannt war [114]), vor welchem jetzt eine seiner letzten Scenen von Belang sich abwickeln sollte. Und merkwürdig, daß uns Bernhard zum ersten Male als tüchtiger Krieger genannt wird, da die Veste ihre erste Bedeutung gewinnt, daß jetzt Bernhard's Name in ihrer letzten Vertheidigung, in ihrem ruhmvollen Untergange neuen Glanz erhält!

"Mit vielen anderen Räubern", sagt ein welfenfeindlicher Zeitgenosse, wurde Herr Bernhard vom Herzoge in die Veste gelegt und nun begann er den ganzen Sprengel von Magdeburg zu verwüsten, ohne Widerstand zu finden; die Einkünfte der Magdeburger und vieler anderen Geistlichen wanderten in den nimmer zu füllenden Säckel Bernhard's und seiner Genossen; selbst in die Stadt sollen sie eingedrungen sein; Bürgern und Bauern war Herr Bernhard ein "merklicher Räuber" [115]). Damit sühnte, vielleicht auch überbot er die Frevel, welche im vorigen Jahre die Rotten des Erzbischofs und seiner Verbündeten, "die Söhne Belials", von Haldensleben aus den herzoglichen Landen zugefügt.

So durfte er eine Zeit lang sein Wesen treiben; endlich

---

[114]) Annal. Pegav. 260.

[115]) — a Coloniensi, quia praedo erat, repulsus, in Haldisleibon cum aliis plurimis praedonibus a duce Henrico est immissus, ubi totam provinciam vastare coeperunt et omnem censum, qui debebatur canonicis in Magdaburg et aliis multis ecclesiis violenter extorserunt. Annal. Pegav. 264. — Bernhardus de Lippe ab Haldenslevense oppido cum omnibus ipsius vici Magdeburgensem civitatem et fines eius depredationibus invadunt. Annal. Magdeb. 195. In der magdeburger Schöppenchronik, herausg. von Janicke in den Chroniken der deutschen Städte VII. 120 heißt Bernhard ein merklicher rovere, de dissem lande vele schaden dede.

aber raffte sich Erzbischof Wichmann zusammen; "im höchsten Schmerze über die Verwüstung der Herzoglichen, die seinen Sprengel fast zur Einöde gemacht", entschloß er sich zu einer abermaligen Belagerung Halbenslebens. Wohl widerriethen viele Freunde; wohl meinte man, diese Belagerung verlange die Kräfte eines Kaisers [116]; denn mehr noch als früher, schien die Veste uneinnehmbar: früher hatte die Bever ihren Fluß weiter unterhalb der Stadt genommen; jetzt hatte Bernhard sie hart an die Stadt gelenkt; seit jeher hatte die Ohre, wenn nicht die Stadt bespült, so doch hinreichend geschützt; weiterhin war Alles von Sümpfen bedeckt: es schien die Stadt, wie auf einer Insel gelegen, unerreichbar zu sein [117]. Aber Wichmann schreckte nicht zurück; er sandte

[116] Annal. Pegav. 264, die hier Haupquelle sind; summarischer werden die Vorgänge von chron. mont. scr. 45 und mehr noch von Arn. Lub. II. 25 ap. Leibnitz-Scr. rer. Brunsvic. II. 24 dargestellt. Doch bietet sowohl der Mönch von Lauterberg, als auch Arnold Einiges zur Ergänzung der annal. Pegav. vgl. Anm. 117, 119 und 120. — Daß Bernhard die Festung befehligte, erzählen die annal Pegav. zwar nicht ausdrücklich; doch haben sie schon zu 1180 erzählt, daß der Herzog den Bernhard in die Festung gelegt. Ausdrücklich nennt Arn. Lub. ihn den praefectus civitatis; ebenso bestimmt erzählen annal. Stederb. 214: in qua (sc. civitate Haldensleve) a Bernhardo de Lippia longo tempore ante deditionem viriliter repugnatum est; ebenso Gobelin. 273: ex parte ducis pracerat Bernhardus de Lippia; endlich die magdeburger Schöppenchronik a. a. O.: in dem 1181 iare hadde hertoch Hinrik to Haldesleve gesat eynen merkliken rovere Bernde van der Lippe etc. Danach oder doch aus gleicher Quelle: Botho Chron. pict ap. Leibnitz Scr. rer. Brunsv. III. 351. Doch nennt Botho den Lipper fälschlich: des hertoghen denstmann und läßt ebenso unrichtig den Erzbischof von Köln an der Belagerung Theil nehmen. — Außer den Genannten erwähnen der Belagerung: annal. Palid. 95; sti. Petri Erphesf. zum Jahre 1182; chron. Repgovii ed. Massmanu 430.

[117] Cum enim fluvius Ora eam (sc. civitatem) ex una parte

an die befreundeten Fürsten, bot alle Mittel und Kräfte auf. Am 1. Februar [118]) begann er die Belagerung, freilich zunächst ohne den geringsten Erfolg; „denn Graf Bernhard von der Lippe", sagt Arnold von Lübeck, „war ein tüchtiger und kriegsgewandter Mann; auch verbot die sumpfige Umgegend, die in dem milden Winter nicht gefroren war, bis an die Stadt vorzubringen" [119]). Schon hatten die Belagerer die Lust an der nutzlosen Arbeit verloren; da ersannen sie ein neues, in der Kriegskunst bisher unerhörtes Mittel [120]): eben wodurch die Belagerten geschützt zu sein glaubten, — durch das Wasser sollten sie bezwungen werden.

---

praeterfluens valdo muniret, alium tamen fluviolum, qui Bivera dicitur, ad alteram cius partem derivantes inaccessibilem penitus reddiderunt, aquis enim circumquaque stagnantibus quasi insula videbatur. Chron. mont. ser. l. c. — Wenn die Ohre an der einen Seite der Stadt schon vorbeifloß, nun die Bever an die andere Seite gelenkt wurde, so scheint mir ein Heraufholen der Bever nothwendig. Ich nehme daher an, daß die Bever tiefer unterhalb der Stadt floß.

[118]) Annal. Pegav. l. c. — Einen Tag später: to lichtmissen, Magdeb. Schöppenchronik a. a. O. — in der vasten, die mit dem 18. Februar begann, Chron. Repgovii l. c. und danach wohl: Braunschw. Reimchronik ap Leibnitz Scr. rer. Bruns. II. 64.

[119]) Crevit autem obsidio in dies et menses, eo quod Bernhardus, comes de Lippe, praefectus civitatis, vir strenuus valde et militaris esset, et locus palustris ob hyemis mollicie expugnari non posset. Arn. Lub. l. c.

[120]) So Arnold von Lübeck; dagegen läßt das chron. mont. ser. den Erzbischof an die Belagerung gehen, weil er aus der Lage der Stadt erkannt hat, quod si decursus aquarum aggere iacto prohiberetur, civitas aquis rursum crescentibus mergeretur. Demnach beginnt er sofort den Plan auszuführen, doch denke ich, daß hier der näher stehende Arnold besser berichtet ist, auch scheint sich sonst noch eine Unrichtigkeit in der Erzählung der Chronik zu ergeben. Vgl. S. 152. Anm 121 und 122.

„Man staute die Ohre, umdammte die erreichbare Seite: weder in seinem Bette, noch nach der Seite der Belagerer konnte das Wasser einen Abfluß finden, es mußte sich über das Ufer, welches den Belagerten zugewandt war, in die Stadt ergießen. Nach Vollendung der Dämme [121]) währte es nicht lange, da konnten die Belagerten keinen Boden mehr sehen; immer höher wuchsen die Wasser; um die Besatzung vor dem Untergange zu retten, ließ Bernhard die Häuser abtragen, aus deren Balken Schiffe zimmern. Schiffe dienten nun als Wohnungen und Magazine; so hoch war schon das Wasser geschwollen [122]), daß man die Todten, auf Schiffen

---

[121]) Nach dem chron. mont. ser. hätte die Aufführung der Dämme drei Monate und zwei Wochen gedauert. Da nun die Belagerung erst Anfangs Februar begann, so hätte die Wassernoth erst Mitte Mai beginnen können. Und doch soll die Beste schon am 3. Mai gefallen sein, ist jedenfalls vor dem 24. Mai gefallen. Nimmt man hinzu, daß nach Arn. Lub. nicht sofort mit der Belagerung auch die Aufführung der Dämme in Angriff genommen wurde, daß nach den annal. Pegav. die schon vollendeten Dämme brachen, und die durchbrochenen wiederhergestellt werden mußten, so kann man nicht zweifeln, daß die Angabe des chron. mont. ser. auf einem Irrthum beruhe.

[122]) Das chron. mont. ser. erzählt: Labore itaque maximo infra tres menses et duas hebdomas aggere consumato in tantum aqua excrevit, ut paene super muros civitatis influeret. Tunc demum episcopus naves armatorum plenas civitati iussit applicari. Also fast über die Mauern hätte man in die Stadt hineinsegeln können! Das klingt doch zu fabelhaft; es wird freilich noch überboten durch die Erzählung Gobelin's: post multos labores intercluso alveo aquae percurrentis ibidem aquae in tantum excrescebant, ut tenentes castrum periculum submergendi non immerito formidarent. Tandem ipsis aquis hyemis asperitate constrictis in glaciem, obsidentes castrum, calcaria subtus pedes ligantes, castrum fortiter aggrediuntur et per amicum ducis saepe repelluntur. Dagegen spricht Arn. Lub. l. c. von der hyemis mollicie und in den annal. Palid. heißt es, es sei nicht gekämpft worden.

zur Kirche gebracht, im Gebälk beisetzen mußte. „Dennoch hielten sich die kriegsmuthigen Männer". Nun gar hatten die Belagerer die Bever in das Bett der Ohre gelenkt [123]); damit wurden die Wassermassen und die Noth der Stadt verdoppelt; aber auch der Andrang gegen die Dämme ward so stark, daß sie an einzelnen Stellen durchbrochen wurden. Sofort sank das Wasser; die Stadt jubelte; die Belagerer erschraken. Nur der Erzbischof bewahrte den Muth; er ließ die Wälle ausbessern und verstärken. Aufs Neue drohte der Stadt die eben erst beseitigte Gefahr. Auch Herr Bernhard schien keine Rettung mehr zu sehen; er sandte an den Herzog, sich Rath zu erholen. Der versprach wohl Hülfe, machte auch wohl den Versuch, die Fürsten zu entzweien; aber seine Macht war gebrochen, und die Fürsten hielten zusammen [124]). Da war an eine Fortsetzung des Widerstandes nicht mehr zu denken; es blieb nur die Wahl zwischen Uebergabe und Untergang in den Wellen. Mochte die heldenmüthige Besatzung Letzteres wählen, — es wäre Frevel gewesen, auch die Bürger dem Untergange zu weihen. So entschloß sich Bernhard zur Uebergabe, aber nicht ohne Willen des Herzogs. Erst nachdem Heinrich genehmigt hatte [125]), trat er mit den Belagerern in Unterhandlung, und diese bewilligten — sei es in menschlicher Rührung, sei es auch Achtung vor dem muthigen, länger als drei Monat geleisteten Widerstand — Bernhard und den Seinen freien Abzug; den Bürgern ließen sie Zeit, ihre Habe aus der Stadt zu schaffen.

Vor Pfingsten war die Uebergabe erfolgt [126]); drei Wochen später wurde Halbensleben dem Erdboden gleich gemacht.

---

[123]) So allein, doch ohne Namhaftmachung des Flusses: annal. Pegav. l. c.
[124]) Annal. Pegav. l. c.
[125]) — ipso permittente. Annal. Pegav. — de consensu ducis. Gobelin.
[126]) — to des hilgen cruzes dage na paschen = 3. Mai. Magdeb.

Weiter läßt sich Bernhard's Theilnahme am sächsischen Kriege nicht verfolgen [127]); doch wird man annehmen dürfen,

---

Schöppenchronik. a. a. O. 121. — vor pinkesten, chron. Repgow. l. c. und banach wohl (trotz des „hordo ek sagen"): Braunschw. Reimchronik und ebenso Botho.

[127]) Nach Lipp. Reg. Nr. 90. — die Urk. ist jetzt vollständig gedruckt bei Stumpf Acta Magunt. sec. XII. 94. — wäre Bernhard am 11. August 1181 beim Herzoge zu Northeim gewesen Gegen die Urk., in welcher Heinrich und sein Sohn Heinrich dem Kloster Northeim genannte Güter schenken, macht Philippson, Gesch. Heinrich's des Löwen II. 259. Anm. 1. geltend, daß Heinrich damals in Stade war. Keinenfalls war er in Northeim, im Süden seines Herzogthums, denn der Süden war in den Händen des Kaisers. Auch meine ich, daß Heinrich damals Anderes zu thun hatte, als Klöster zu beschenken. Dazu käme, daß die ind. 4 zu dem Jahre 1181 nicht stimmt. Man könnte annehmen, daß 1171 ind. 4 oder 1181 ind. 14 zu lesen sei. Mit letzterer Aenderung wäre nach dem Obigen Nichts gewonnen; gegen 1171 spricht, daß Heinrich's Sohn Heinrich nach Arn. Lub. II. 2 nicht vor 1173 geboren wurde, — ein Umstand, der freilich auch gegen 1181 spricht, benn einen achtjährigen Knaben wird man schwerlich zu einer Schenkung heranziehen. Also hat die Urk. ihre Bedenken; durch weitere Aenderungen im Datum würde man dieselben vielleicht beseitigen können; doch fühle ich mich zu solchen, mehr als einfachen Aenderungen nicht berechtigt. Ich mache nur noch darauf aufmerksam, daß in Northeim auch sonst auf dem Namen Heinrich's des Löwen gefälscht wurde; vgl. Stumpf l. c. 78. Somit möchte es wenigstens gerechtfertigt sein, die Urk. für die Darstellung nicht zu verwerthen, insbesondere aus dem Titel comes, den Bernhard in der Urk. führt, nicht zu folgern, daß der Herzog ihn, nach Analogie anderer von ihm vollzogenen Erhebungen, zum Grafen gemacht, — übrigens eine Folgerung, die auch dann noch gewagt sein würde, wenn die Urk. weniger verdächtig wäre; benn da dieselbe nicht im Original vorliegt, sondern nur durch eine spätere Abschrift überliefert ist, so bliebe es zweifelhaft, ob der Titel comes im Original sich findet oder auf Kosten des Abschreibers zu setzen ist. Danach ist die im Lit. Centralbl. 1867 Nr. 4. ausgesprochene Vermuthung zu berichtigen.

daß er bis zur letzten Stunde beim Herzoge ausgehalten
hat. Erst dann wird er ihn aufgegeben haben, als der
Herzog sich selbst aufgab, sich dem Kaiser unterwarf. Von
seiner Höhe herabgestürzt, seiner Macht beraubt, mußte Heinrich Deutschland verlassen. Ungleich glücklicher war sein
Feldherr; sicher sind auch ihm die Besitzungen geschmälert
worden, haben die Bischöfe einige Lehen ihm entzogen; bestimmt wissen wir, daß ihm der Erzbischof von Köln „wegen
der Bedrückungen, die er der kölner Kirche zugefügt", ein
Lehen nahm und dasselbe seinem eifrigsten Anhänger, dem
Grafen von Arnsberg, gab [128]). Aber eine gänzliche Zer-
stücklung seiner Macht ist nicht anzunehmen: Nach Justin hätte
Bernhard, die Verwüstung seines Landes beklagend, hätten
auch seine Feinde den Frieden gewünscht; sie wären zusam-
mengekommen und hätten dem Kampfe abgeschworen. In die
Heimat zurückgekehrt, wäre es Bernhard's erste Sorge gewesen, Entrissenes sich wieder anzueignen, die Bauern in ihre
Höfe zurückzuführen, die vernachlässigten Aecker wieder frucht-
bar zu machen. Mit seiner Nachbarschaft hätte er jetzt in
Frieden gelebt, ja die früheren Feinde hätten ihn zu befördern gesucht [129]).

Wohl hatte Herr Bernhard gegen Kaiser und Reich
gestanden; aber gewiß war es kein politischer Grundsatz, —
wenn man so sagen darf: keine welfische Politik, die ihn
zum Kampfe getrieben hätte. Ueberhaupt war es ja nicht die
Art kleiner Herren, aus Grundsatz einer politischen Richtung

---

[128]) Siehe Anm. 154.
[129]) Mittitur in terras, dominos terraeque potentes
Qui vocet in certum colloquiique locum.
Conveniunt hinc inde viri, quos sensus honorque
Praefert, atque locus concipit unus eos
Hinc inter partes pax confirmatur et illam
Praestita consolidat inter utramque fides. etc. —
Justin. v. 293—298.

zu folgen; sie dienten in Treue dem Größeren, zu welchem die Verhältnisse sie führten, der Vortheil sie hinzog. Und wie schon bemerkt, hatte alte Kriegsgenossenschaft, die noch aus den Tagen völliger Einheit zwischen Kaiser und Herzog herrührte, hatte eine gewisse Gleichheit der Stellung, die aber eben so wenig, als die alte Kriegsgenossenschaft, eine Gleichheit in politischem Denken und Wollen voraussetzte, Bernhard zum Bündnisse mit Heinrich dem Löwen geführt.

Dem Bündnisse treu zu bleiben, nicht vor seinen Folgen zurückzuschrecken, war die Aufgabe eines wackeren Ritters. Sie in allen Theilen erfüllt zu haben, bleibt Bernhard's Ruhm. Als sie nun aber erfüllt, als die Sache Heinrich's des Löwen verloren war, stand Herrn Bernhard Nichts entgegen, sich der früher bekämpften Partei zu nähern. Andererseits gab es auch für die kaiserlich-kölnische Partei kein Bedenken, — eben weil sie in Bernhard nicht den Gegner aus politischem Grundsatz sah, — die alten Verbindungen zu erneuern. Daher erklärt es sich, daß er sobald wieder an den Höfen des Erzbischofs von Köln und der westfälischen Bischöfe erscheint, daß seine Besitzungen wohl so wenig geschmälert oder das Genommene doch so bald wieder zurückgestellt wurde, daß überhaupt alle Spuren einer früheren Feindschaft verschwunden sind. Freilich war damit eine gewisse Anhänglichkeit an Heinrich den Löwen noch immer vereinbar: es war nur ritterlich, wenn Bernhard dem gefallenen Gönner auch später noch seine Theilnahme bezeugte.

Zunächst finden wir ihn am Hofe des Erzbischofs von Köln: am 2. April 1184 bezeugt er zu Köln eine Urkunde des Erzbischofs. Neben ihm erscheint sein Gefährte Widukind von Rheda; auch der nunmehrige Träger seines kölner Lehens, Graf Heinrich von Arnsberg [130]), ist zugegen: vielleicht ist schon damals über jenes Lehen verhandelt worden;

---

[130]) Lipp. Reg. Nr. 93. Mit ind. 6 statt 2.

wenigstens wissen wir, daß die Verhandlungen lange Zeit
hindurch gepflogen wurden [131]); doch noch blieb der Graf
im Besitze.

In demselben Jahre geschah es, daß Erzbischof Konrad
von Mainz nach mehrjähriger unfreiwilliger Abwesenheit wieder nach Paderborn kam. Zur Begrüßung des lang entfern-
ten Oberhirten — als Anhänger Papst Alexander's III. hatte
er vor Jahren seinen Erzstuhl verlassen müssen; der Tod
seines Gegenbischofs, die veränderten Beziehungen zum Kaiser hatten ihm jetzt die Rückkehr ermöglicht, — war man
von Nah und Fern herbeigekommen. Auch Herr Bernhard
und sein Freund Widukind hatten sich eingefunden, um an
den Festen, die unstreitig diese Tage verherrlichten, Theil zu
nehmen. Aber auch an ernsten Geschäften wird es nicht gefehlt haben; gerade bei der Schlichtung eines Rechtshandels
sehen wir unsere Edlen betheiligt: die Aebtissin von Heerse
klagte gegen die Nonnen von Gerden; nach langen Verhandlungen war man übereingekommen, die Schlichtung einem
Schiedsgerichte zu überlassen. Demnach wählte Abt Wenzo
von Liesborn [132]), als der Sachwalter der Nonnen von Gerden, den Vogt seines Klosters, Widukind von Rheda, Herrn
Bernhard und Andere; die Klägerin ernannte gleich viele
Vertrauensmänner, und unter dem Vorsitze des Erzbischofs,
der Bischöfe von Münster und Paderborn wurde nun der
Streit geschlichtet [133]).

Gleichfalls ein Rechtshandel hatte Herrn Bernhard am
25. März des folgenden Jahres nach Wiedenbrück geführt.

---

[131]) Siehe Anm. 154.
[132]) Nicht von Korvey, wie es Lipp. Reg. Nr. 94 heißt.
[133]) Winkelmann S. 70 möchte diesen Vorgang nach Mainz ver-
legen. Aber es heißt in der Urkunde (bei Erhard Cod. dipl.
Westf. II. 175) ausdrücklich, daß die Verhandlungen gepflogen
sein, als Erzbischof Konrad von Mainz in Patherburnensi
ecclesia eodem restitutionis sue anno quadam vice fuisset.

Einer seiner Dienstmannen, Konrad von Batenhorst, hatte einen Eigenmann des Klosters Liesborn beansprucht. Dessen Rechte zu schützen, waren der Abt Wenzo und sein Vogt Wibukind erschienen; ebenso dachte Bernhard wohl, die Ansprüche seines Dienstmannes zu unterstützen. Aber der Eigenmann erhärtete durch die Feuerprobe, daß er und seine Geschwister dem Kloster gehörten. In Bernhard's und Wibukind's Gegenwart mußte Konrad auf seine Ansprüche verzichten [134]).

Diesem Geschäfte hat auch der Graf von Ravensberg beigewohnt: nach allen Seiten scheinen wieder freundliche Beziehungen angeknüpft zu sein. So auch mit dem Bischofe von Osnabrück. Als in dessen Hauptstadt der Erwählte Thietmar von Minden Gericht bestellte, um einen Streit des Bischofs mit dem Vogte der osnabrücker Kirche, dem Grafen Simon von Tecklenburg, zum Austrage zu bringen, wurden Bernhard und Wibukind neben anderen Lehnsmännern von Osnabrück, zwei Abgesandten König Heinrichs VI. und mehreren Geistlichen als Berather und Helfer hinzugezogen [135]).

Endlich begegnet Bernhard — und mit ihm wiederum Herr Wibukind — in einer Urkunde des Abtes von Kor-

---

[134]) Lipp. Reg. Nr. 96.
[135]) Lipp. Reg. Nr. 103. Mit 1186 ind. 3. Danach fragt es sich, ob im Jahre oder der Indiction ein Fehler stecke, ob die Urkunde zu 1186 oder 1185 gehöre. Für letzteres Jahr, also zu Gunsten der Indiction, entscheidet der Umstand, daß Thietmar von Minden als Vorsitzender des Schiedgerichts und Zeuge der Urkunde tunc electus heißt. Denn nach dem catalog. ep. Mindens. (vgl. Erhard Reg. hist. Westf 2160) wurde Thietmar am 15. August 1185 geweiht. — Winkelmann, der sonst oft ohne weitere Begründung die Indiction zum Ausgangspunkte der Berechnung macht, hat bei dieser Urkunde den Widerspruch von Jahr und Indiction nicht beachtet und sie (S. 71) dem Jahre 1186 zugewiesen.

vey ¹³⁶). Es ist das erste und einzige Mal, daß wir ihn in Beziehungen zu Korvey finden. Dasselbe gilt freilich auch von seinem Aufenthalte zu Osnabrück; aber ungleich lebhaftere Verbindungen, als zu Osnabrück, hatten sein Vater und Oheim mit den Aebten von Korvey unterhalten. Bernhard scheint ihnen darin nicht gefolgt zu sein; jener Heinrich von der Lippe, in dem wir Bernhard's Vetter vermutheten, möchte hier die Verbindungen seines Hauses fortgesetzt haben; verhältnißmäßig oft finden wir ihn in Berührung mit Korvey oder korveyer Angelegenheiten ¹³⁷).

Wie man sieht, sind es Angelegenheiten nicht außergewöhnlicher Art, welche unseren Edelherrn hierhin und dorthin führen; aber schon beschäftigen ihn wichtigere Dinge: wir sehen ihn in einer neuen, seinem bisherigen Streben sehr fremden Richtung; mit ihm oder vielmehr ihm voran geht sein Freund von Rheda. Dieser und dessen Mutter Luttrude hatten vom Stifte Freckenhorst verschiedene Grundstücke eingetauscht. Noch wußte man nicht, in welcher Absicht ¹³⁸). Da kauften Bernhard und der Edle Ludger von Woldenberg die Hälfte der ertauschten Güter; Tausch und Kauf wurden vor dem Richter zu Mattenheim bestätigt ¹³⁹). Jetzt mochte es nicht mehr zweifelhaft sein, daß es sich um eine gemeinschaftliche Stiftung handle. In der That; die drei Herren baten den Bischof von Münster auf jenen Grundstücken ein Kloster erbauen zu dürfen. Gern willfahrte der Bischof; er beeilte sich den Ort einzusegnen. „In heiliger Freude", begannen die Stifter jetzt den Bau des Klosters ¹⁴⁰); Widu-

---

¹³⁶) Lipp. Reg. Nr. 474 b.
¹³⁷) Vgl. S. 116 Anm. 20.
¹³⁸) — adhuc in mentis secretario retinentes, quid inde proponerent. Cod. dipl. Westf. II. 177.
¹³⁹) Dieser Vorgang ist in den Lipp. Reg. Nr. 97 nicht berücksichtigt.
¹⁴⁰) — praefati tres nobiles edificandi monasterii in sepedicto fundo licentiam a nostra benignitate petierunt. Qua obtenta,

sind und Bernhard schenkten weitere Güter und zogen durch ihr gutes Beispiel Andere nach. So namentlich den Bischof Hermann selbst [141]); in Bernhard's und Widukind's Gegenwart bewidmeten auch die Brüder von Schwalenberg das neue Kloster [142]). Bald war die Gründung so weit gediehen, daß man Mönche berufen konnte.

Noch ganz nach den Grundsätzen des Stifters lebte der Orden von Cisterz; in den Rheinlanden und Westfalen wenigstens stand er noch im vollem Aufschwunge einer jugendlichen Kraft. In regster Verbindung mit der Menschheit, strebte er nach deren Besserung; vor Allem pflegte er die Werke der Barmherzigkeit; in ihm war, wie ein König rühmte, echt christlicher Geist [143]). Und wie einfach war nicht Alles, den nächsten Zwecken entsprechend! Ohne sonderlichen Schmuck sollten sie ihre Kirchen erbauen; das Bild des Gekreuzigten, der reichste und erhabenste Schmuck einer Kirche, sollte ihnen genügen. Diese Männer waren fromm, ohne Frömmler zu sein; sie waren enthaltsam, ohne dem Genusse zu fluchen; Freunde des echten Wissens schienen sie der scholastischen Gelahrtheit nicht gerade zugethan. In der Politik nahmen sie wohl ihre eigene Stellung; die Gegner Friedrich's I. [144]) sind nicht unbedingte Bewunderer Innocenz' III. [145]). Wirthschaftlicher Geist ist jedem Ordenshause

---

in loco per manum nostram primitus benedicto, in honorem dei et gloriosissime genetricis eius monasterii fundamenta cum sancta iocunditate posuerunt etc.

[141]) Vgl. Münster. Geschichtsquell. I. 28 und III. 203 Anm. 1.
[142]) Lipp. Reg. Nr. 97, wo auch die einzelnen Schenkungen Bernhard's nachzusehen sind.
[143]) Böhmer Reg. Phil. 81.
[144]) Vgl. z. B. Caesar. Heisterb. Dialog. II. 18.
[145]) Namentlich Cäsarius von Heisterbach: ohne durch den Zusammenhang genöthigt zu sein, ohne irgend eine Einwendung zu machen, läßt er Dialog. II. 30 seinen Mönch erzählen, wie Johann Ca-

eigen; zerrüttete Stifter bringt ihre Finanzpolitik zu neuer Blüthe ¹⁴⁶); aus Einöden schaffen sie fruchtbare Gegenden: sich die Freiheit vom Rottzehnten verbriefen zu lassen, — gewiß ein deutliches Zeichen ihrer Bestrebungen, — ist überall ihre erste Sorge.

Solch' ein Orden mußte Männern wie Bernhard und Wibukind gefallen; in ihm war ein realistischer Zug, der ihm diese Männer der That befreunden mußte. Besonders der wirthschaftliche Geist wird den Gründer Lippstadt's angezogen und ihm Achtung eingeflößt haben. Von gleicher oder doch verwandter Richtung war Bischof Hermann. So wurde denn das Kloster für Cisterzienser bestimmt ¹⁴⁷); auf Ersuchen der Stifter entsandte Abt Nikolaus von Harbehausen zwölf Mönche, die unter Leitung des Ekkehard das Kloster bevölkerten ¹⁴⁸).

In wüster Gegend, auf der südlichen Grenze des münsterschen Sprengels erblühte die neue Stiftung, ringsum ihre Segnungen spendend. Von Nah und Fern flossen ihr Schenkungen zu: ein umfangreiches Gedächtnißbuch ¹⁴⁹) beweist die Verehrung, die das Kloster weit und breit genoß. Da war so leicht kein benachbartes Dorf, keine Stadt, kein adelicher Sitz, in denen das Kloster nicht seine Wohlthäter hatte. Wie haben die Mönche aber auch verstanden, das ihnen Geschenkte zu verwerthen! wie bezeugen nicht diese stattlichen Wohn- und

---

jocci, der Anhänger Otto's IV., einst den Papst unterbrochen habe: „Os tuum, os dei est, sed opera tua opera sunt diaboli."

¹⁴⁶) Siehe namentlich Caesar. Heisterb. Dialog. IV. 62.
¹⁴⁷) — venerabilium Cisterciensis generalis capituli patrum benigno freti assensu, in loco memorato congregationem de filiis corum constituimus. Urk. des Bischofs.
¹⁴⁸) So erzählt nach der ungedruckten Chronik von Marienfeld Dorow Denkmäler alter Sprache und Kunst II. 171.
¹⁴⁹) Gedruckt bei Dorow a. a. O. II. 129—147.

Wirthschaftsgebäude, diese Kirchen von fester und einfacher Bauart, dieser Aecker und Wiesen, die schattigen Gänge von Tannen und Eichen den echten Geist von Cisterz! Eine Oase erblickt der Wanderer das Klostergebäude in Mitten sandiger Wüste [150]).

Durch die Theilnahme an dieser Gründung hat Bernhard sich ein unleugbares Verdienst um das kirchliche Leben Westfalens erworben, auch zeugt sie ja gewiß von einer frommen Regung in dem bisher so harten Herzen des Ritters; aber man darf aus der frommen Regung noch nicht folgern, daß Bernhard nun mit seinem früheren Leben gebrochen, ganz der Mann nach dem Herzen Gottes geworden sei. Lag es doch gewissermaßen im Geiste der Zeit, daß ein Ritter von einigem Reichthum wenigstens einmal im Leben an einer Stiftung sich betheilige oder eine Kirche beschenke. So dachte man, frühere Frevel zu sühnen, die Fürbitte der Priester sich und der Familie zu sichern: eine völlige Aenderung des inneren Menschen war keineswegs durch die fromme Gabe bedingt.

Kaum anders möchte es sich mit Bernhards Schenkung verhalten. Er hatte Vieles zu sühnen, hatte auch Grund, dem Himmel zu danken, daß der sächsische Krieg, in dem seine Partei so vollständig unterlegen war, ihn nicht für immer von Haus und Hof vertrieben hatte. Solche Erwägungen werden ihn zur Theilnahme an der Stiftung des Klosters bestimmt haben; nicht tieferliegende Gründe. Nach wie vor sehen wir ihn in weltliche Händel verwickelt: entweder

---

[150]) Weit entfernt, deshalb die Mönche zu loben, meint J. Gruner in seiner beschränkten und schmähsüchtigen Art, die Mönche hätten das Kloster nur deshalb hierher gelegt, «um sich mit dem stolzen Bewußtsein zu kitzeln, mitten in diese öden Wüsteneien ein kleines Paradies angelegt zu haben.» S. J. Gruner Meine Wallfahrt zur Ruhe und Hoffnung I. 50.

jetzt noch hat er eine bischöfliche Kirche beraubt oder ihr den Raub doch erst in späteren Jahren zurückgestellt, noch ist er nicht abgeneigt auf Kosten eines anderen Klosters seine Gewalt zu stärken; er zeigt nicht üble Lust, mit dem Bischofe von Paderborn seine Kräfte zu messen [151]).

Am Wenigsten hatte sich seine Freude an Besitz und Erwerb vermindert; vielmehr möchte die Schenkung ein Bedürfniß nach Ersatz in ihm geweckt haben. Noch immer arbeitete er an der Wiedererwerbung seines kölner Lehens. Vielleicht nicht in letzter Reihe führte ihn diese Angelegenheit nach Pyrmont, wohin der Erzbischof am 15. März 1186 gekommen war [152]), um Hof zu halten. Von dort folgte er ihm nach Soest, und hier sah er endlich seinen Wunsch erfüllt [153]). Der Erzbischof selbst vermittelte zwischen Bernhard und dem Grafen von Arnsberg. Durch das Versprechen, ihm das zunächst erledigte Lehen von 25 Mark jährli-

---

[151]) Die Belege für diese Thatsachen folgen später.
[152]) Lipp. Reg. Nr. 95. zum 5. März 1185, während doch in Nr. 99. kölnische Zeitrechnung anerkannt wird. Man sieht nicht ein, weshalb die kölnische Kanzlei hier von ihrer gewöhnlichen Zeitrechnung abgewichen sein soll; und zwar um so weniger, weil, wie die folgende Anmerkung zeigt, der Erzbischof in zwei aufeinander folgenden Jahren und zwar beide Male im selben Monate Westfalen besucht haben müßte, für solchen Besuch aber jeder Beweis fehlt. — Auch Winkelmann hat diese Urkunde zum J. 1185 gestellt.
[153]) Lipp. Reg. Nr. 99. Mit 1185 und ind. 3. 3. id. martii; daß die Urk. zu 1186 gehöre, daß also die Rechnung nach dem 25. März oder nach Ostern angewandt ist, ergiebt sich aus einer anderen zu Soest ausgestellten Urk., deren Datum lautet: 1185 ind. 3 praesidente apostolicae sedi Urbano III. 6 id. Martii. 1185 und Ind. 3 stimmen überein; da aber Urban III. erst am 25. November 1185 zur Regierung gelangte, so gehört die Urk. zu 1186, müssen Jahr und Indiktion erst am 25. März oder zu Ostern gewechselt sein. — Diese für Bernhard's Geschichte so wichtige Urk. hat in Winkelmann's Regesten keinen Platz gefunden.

chen Ertrages zu verleihen, bewog er den Grafen, sein jetzi-
ges Lehen dem Lipper zurückzugeben. Wohl mußte der Erzbischof die Verdienste des Grafen von Arnsberg anerkennen,
auch konnte er sich nicht versagen, an die Bedrückungen Bernhard's zu erinnern, die Entziehung des Lehens als verdiente
Strafe zu bezeichnen; aber ihm lag daran, zwischen den
Herren Frieden zu stiften und, wie er selbst sagt, „seiner
Kirche den Mann zu erhalten" [154]). So muß denn der

---

[151]) — cum Henricus comes de Arnsberg nobis et ecclesiae Coloniensi saepius fideliter deservivisset et praecipue cum in
guerra Saxonica, quae fuit inter nos et Henricum ducem
Saxoniae, gravia damna et magnos labores in obsequio
nostro pertulisset, feudum Bernardi de Lippia, quod ab
ecclesia Coloniensi tenuit, quod et ipse pro gravamine nobis
et ecclesiae nostrae illato demeruerat, ipsi Henrico comiti
concesseramus. Postmodum guerra Saxonica composita,
iam dictus Bernardus feudum suum repetiit; quod negotium
cum multo tempore inter comitem et eundem Bernardum
de Lippia actitatum fuisset, maluimus illud amica compo-
sitione terminare et ecclesiae nostrae hominem reservare,
quam perpetuam inter eos discordiam remanere etc. —
Nach Hechelmann a. a. O. 113 läßt sich das Jahr der Wieder-
einsetzung in jenes Lehen nicht bestimmen. Ich glaube doch. Einmal scheint es ganz undenkbar, daß der Graf früher auf das
Lehen verzichtet hätte, als ihm das Versprechen der Entschädigung
gegeben war. Und dann wird er wohl dafür gesorgt, wohl voraus-
bedungen haben, daß ihm das Versprechen sofort verbrieft werde.
Verzicht und verbrieftes Versprechen sind als gleichzeitig zu betrachten. Ferner konnte die Wiederverleihung nicht ohne voraus-
gegangenen Verzicht des Grafen geschehen, wenigstens nicht unter
den gegebenen Verhältnissen, welche die Annahme einer schreienden
Ungerechtigkeit von Seiten des Erzbischofs nicht wohl zulassen.
Demnach kann die Wiederverleihung nicht vor dem 25. März 1186
erfolgt sein, denn an diesem Tage verbrieft der Erzbischof sein
Versprechen, hat also auch der Graf Verzicht geleistet. Aber
Bernhard hat auch nicht nach dem 25. März sein Lehen wieder-
erlangt, denn es heißt in der Urkunde von diesem Tage: Induxi-
mus ergo ad hoc comitem de Arnsberg, ut idem feudum

treueste Freund einstweilen sich gedulden, den Preis seiner
Treue dem Bedränger der kölner Kirche zurückgeben, die
Ansprüche des Zerstörers von Medebach befriedigen. Man
sieht, wie der Erzbischof seinen ehemaligen Feind zu schätzen
weiß! Darf man etwa annehmen, daß der kluge Mann, der
als Erbe Heinrich's des Löwen gerade im Begriffe stand,
die reichsfeindliche Politik Heinrichs fortzusetzen, ein ganz
besonderes Interesse hatte, sich Bernhard's zu versichern?
Ueberlegte er vielleicht, wie dienlich der Vertheidiger Haldensleben's in dem drohenden Kampfe auch ihm werden könne?

Noch einmal in diesem Jahre begegnet Bernhard am
kölner Hofe [155]). Ob er in der That die Empörung des
Erzbischofs unterstützt hat? Man frägt vergebens; es läßt
sich nur sagen, daß ferner keine engere Beziehung zum Kölner ersichtlich ist. An seinem Hofe läßt er sich nicht mehr
nachweisen [156]); in Westfalen findet er sich vorläufig nur in
friedlicher Thätigkeit. Mit Widukind bezeugt er eine Urkunde,

---

in manus nostras resignaret et nos illud Bernardo de Lippia
concessimus.

[155]) Lipp. Reg. Nro. 101. Mit 1186 ind. 4, also nach S. 163
Anm. 153. später als der 25. März oder Ostern 1186.
[156]) Nach den Lipp. Reg. Nro. 106. — denen Winkelmann S 71
folgt — wäre Bernhard freilich am 25. März 1187 zu Köln
gewesen, also gerade zu der Zeit, als der Erzbischof nach Henr.
de Hervord. ed. Potthast 169 seine Anhänger um sich ver-
sammelt hatte. Aber einmal hat die erzbischöfliche Urkunde (bei
Kindlinger Volmestein II. 43) das Datum 1187 ind. 5. 17
kal. April., würde also nach unserer Zeitrechnung zum 17. März
1188 gehören; dann hat schon Erhard Reg. hist. Westf. II.
70 Anm. ein erhebliches Bedenken gegen die Echtheit der Urkunde geltend gemacht. Es erscheint nämlich unter den Zeugen: Sifridus
Patherbornensis episcopus, der nach dem Nekrolog von Marien-
münster am 10. Februar 1186, nach dem Nekrolog von Heerse
am 12. Februar starb, dessen Nachfolger Bernhard II. schon am
1. April 1186 urkundet. Danach hat man allen Grund, die
Urkunde des Erzbischofs unberücksichtigt zu lassen.

durch welche Bischof Siegfried von Paderborn einen Streit schlichtet [157]). Zu Münster sahen sie am 3. November, wie Bischof Hermann ihrer Stiftung Marienfeld die Kapelle zu Wadenhart schenkte [158]).

Das so bewegte Jahr 1187 giebt keine Kunde über Bernhard; im folgenden scheinen ihn Angelegenheiten Marienfeld's nach Münster und Paderborn geführt zu haben; dort bezeugt er eine Schenkung des Bischofs, empfängt selbst als Vertreter einen Zehnten; hier sieht er ebenfalls den Besitz des Klosters sich mehren [159]). Beiden Handlungen scheint sein Freund Widukind nicht beigewohnt zu haben. Ihn hatte die damals entzündete Begeisterung für das h. Land ergriffen; er mochte schon zum Aufbruche rüsten. Doch hat er die Heimat nicht sofort verlassen; mit Bernhard finden wir ihn am 2. October am Hofe Heinrich's des Löwen [160]). Politische oder rechtliche Zwecke, welche sie nach Braunschweig geführt hätten, sind nicht ersichtlich: immerhin darf man vermuthen, daß die abermalige Verbannung, welche der Kaiser über Heinrich verhängt hatte, um ohne Sorge für die Ruhe Deutschlands in das h. Land zu ziehen, Heinrich's Freunde mit menschlicher Rührung erfüllt habe, daß sie ihm ihre Ergebenheit bezeugen und Abschied von ihm nehmen wollten.

Zwei Monate später, am 1. Dezember, verbürgt sich Bernhard dem paderborner Domkapitel, daß die Erben des Berthold von Schonenberg einen Verkauf desselben anerkennen würden. Zu Paderborn begegnet er abermals am 15. Januar 1189; auch zu einer Synode, welche der Bischof am Mittwoch der Charwoche abhielt, hat er sich eingefunden;

---

[157]) Lipp. Reg. Nro. 102. Nach dem Todestage des Bischofs gehört die Urkunde vor den 10. oder 12. Februar 1186.
[158]) Lipp. Reg. Nro. 100.
[159]) Lipp. Reg. Nro. 109 und 110, hier statt der 6. Indiktion die 9., dort die 7.
[160]) Lipp. Reg. Nro. 104. Mit der 4. Indiktion.

er hörte damals, am 5. April, wie die Brüder des zum h. Lande ziehenden Wibukind von Schwalenberg, der dem Stifte die Vogtei verpfändet hatte um die nöthigen Gelder zu erlangen, dieser Verpfändung ihre Zustimmung gaben [161]).
Bernhard hat an der „lieben Reise" keinen Theil genommen; zwar fehlt aus der Zeit, welche der dritte Kreuzzug dauerte, jede Kunde über ihn; man könnte auf eine Abwesenheit aus der Heimat, auf eine Betheiligung am Kreuzzuge schließen. Aber die Erinnerung würde sich in seinem Geschlechte nicht so rasch verwischt haben: Justin hätte die Gelegenheit, seinen Helden mit neuem Ruhme zu feiern, sich nicht entgehen lassen. Vielmehr wird der Mangel jeder Kunde auf ein natürlich vermindertes Rechtsleben der Heimath zurückzuführen sein: da zwei Bischöfe und viele Edle Westfalens dem Kaiser gefolgt waren, wie hätte Bernhard Rechtsakte bezeugen können?

So trennten sich denn die bisher eng Verbundenen: Wibukind zog ohne den Freund und Kriegsgefährten. Vor seiner Abreise schenkte er seine sämmtlichen Güter der vielgeliebten Stiftung [162]), in welcher er selbst nach glücklicher Rückkehr das Mönchskleid zu nehmen gelobte [163]). Bernhard war zugegen; er sollte den Freund nicht wiedersehen. Voll Kampfbegier zog Wibukind in den h. Krieg; „den Heiden" singt ein Dichter, „war er zum Unglück; ihr Tod war sein Begehr" [164]). Manchen hat sein gutes Schwert getroffen,

---

[161]) Lipp. Reg. Nro 474d. 111. 112.
[162]) Lipp. Reg. Nro. 114. Nach der marienfelder Chronik soll er gleichzeitig die Vogteien über die drei Klöster dem Bischofe von Münster aufgetragen haben. Doch ist Wibukind nur als Vogt von zwei Klöstern nachzuweisen: von Freckenhorst und Liesborn. Vgl. S. 168 Anmerk. 170.
[163]) Schaten Annal. Paderb. I. 863 ed. I. nach der ungedruckten Chronik von Marienfeld.
[164]) Siehe S. 145 Anmerk. 106.

bei der Belagerung Akkon's wird sein Name mit Auszeichnung genannt ¹⁶⁵); endlich ereilte ihn selbst der Tod. Doch nicht in fremder Erde fand er sein Grab; ein treuer Diener hat seinen Leichnam in die Heimath geführt, in der Kirche zu Marienfeld wurde Widukind bestattet ¹⁶⁶); noch heute sieht man dort seinen Grabstein ¹⁶⁷).

Mit Widukind's Tode, vielleicht schon mit dessen Abreise und ausgesprochener Weltentsagung, erhielt Bernhard's Macht einen reichen Zuwachs. Nicht eigentlich, daß ihm ein Erbschaftsrecht zustand ¹⁶⁸); aber immerhin mochte man von ihm befürchten, daß er als Anverwandter Widukind's Ansprüche erheben würde. Daher wird ihm der Abt von Marienfeld, wie es heißt, Widukind's Ministerialen überlassen haben ¹⁶⁹); werden ihn die Klöster Liesborn und Freckenhorst zu ihrem Vogte gewählt, der Bischof von Münster die ihm eigene Vogtei über Rheda hinzugefügt ¹⁷⁰), die Belehnung

---

¹⁶⁵) Arn. Lub III. 36.
¹⁶⁶) Schaten l. c. nach der ungedruckten Chronik. Sein Gedächtniß wurde zu Marienfeld gefeiert am 26. November, Liber. mem. bei Dorow a. a. O. 143.
¹⁶⁷) Lübke Mittelalt. Baukunst in Westfalen 377 beschreibt einen Stein, welcher in der ersten Fensternische links am Eingange in die marienfelder Kirche sich findet, und möchte denselben für das Grabmal Widukinds von Rheda halten: er hat übersehen, daß in der Fensternische der südöstlichen Kapelle ein anderer Stein, auf dem auch ein Ritter ruht, die Inschrift trägt: Widekindus advocatus de Rethen. Danach ist der von Lübke beschriebene Stein wohl nicht Widukind's Grabmal.
¹⁶⁸) In der gleich anzuführenden freckenhorster Urk. heißt es: „mortuo W. — heredem non habente.
¹⁶⁹) Schaten l. c. erzählt nach der marienfelder Chronik: (Widekindus) ministeriales coenobio Mariae campi transscripsit. Dann weiter: Ministeriales vero consentiente abbate transire ad Bernardum comitem de Lippia.
¹⁷⁰) Nach den Lipp. Reg. Nro. 118 Anmerkung, denen Hechelmann S. 121 folgt: auch die Vogteien über Herzebrock und Klarholz.

mit allen Vogteien vollzogen haben. Natürlich ganz seiner
Art gemäß suchte Bernhard diesen Zuwachs zu weiterer Stär-
kung seiner Macht auszubeuten. Aus Freckenhorst erhalten
wir sichere Kunde; in Liesborn wird er nicht anders vorgegangen sein. Es galt ihm, die ganze Macht des Klosters
in seiner Hand zu vereinen, sich dessen Mannen zu unbe-
dingter Dienstbarkeit zu verpflichten: er entriß der Aebtissin
die Belehnung der Ministerialen und Lehnsleute. „Uner-
laubter, unerhörter Weise", klagte die bedrängte Frau [171]),

---

Aber beide lassen sich, wie schon erwähnt, nicht als Besitzungen
Wibukind's erweisen; Klarholz ist erweislich 1198 noch nicht im
Besitz des lippischen Hauses. Vgl. Lipp Reg. Nro. 475a. — Wenn
Winkelmann in den Regesten zum Jahre 1193 verzeichnet:
„(Bernhard) erhält von Hermann B. von Münster die Vogteien
der Klöster Freckenhorst, Liesborn, Klarholt 2c.": so ist zu bemer-
ken, daß Kindlinger an der dafür angezogenen Stelle (Münst.
Beiträge II, Urk. S. 264) nicht etwa eine Urkunde mittheilt, son-
dern eine ganz unbelegte Angabe bietet.

[171]) Die Urkunde, in welcher der Bischof von Münster die Verzichts-
leistung von Seiten Bernhard's bekundet, ist sehr vorsichtig und
wohl mit Absicht etwas dunkel gehalten. Zunächst handelt sie von
den Bedrückungen im Allgemeinen, die Freckenhorst zu erdulden
hat „per advocatos." Dann folgt die besondere Klage der Äbtissin: quod illicito et inaudito, non consuetudinis approbate,
sed exstupande, violentie, modo prenotate, ecclesie, advocatus
tam ecclesie, ipsius ministeriales quam quoslibet alios hominio
obligatos et ab ipsa abbatissa vel beneficandos, a se vellet
inbeneficari, sicque fidelitatis et obsequiorum necessitates
ad se inclinans, et ab ipsa abbatissa et ab ecclesia penitus ali-
genaret. Prenotata vero abbatissa, ex processu temporis
tante abusionis sentiens incommoda, forti animo et prudenti
consilio se tandem opposuit et Bernardum de Lippia, qui
mortuo W., fratre ejusdem abatisse, heredem non habente
(streiche: et) proxime advocatus eiusdem ecclesie, fuerat sub-
stitutus, amica et rationabili conventione ad hoc induxit,
ut tam ipse quam filius eius quicquid iuris in ipsis benefi-
ciis vel in hominibus aut ministerialibus inbeneficaudis so

„nicht nach rechtsgültiger Gewohnheit, sondern in Staunen erregender Gewaltthat belehne ihr Vogt alle Ministerialen und Lehnsleute ihrer Kirche; eigene sich die Treupflicht und Dienste ihrer Mannen zu und entfremde sie somit dem Kloster".

Wohl in einer früheren Zeit, etwa in der zweiten Hälfte der achtziger Jahre[172]) ließ Bernhard sich zu einem anderen

habere dicerat libere et integraliter resignarent. Erhard Cod. dipl. Westf. II. 231. — Daß Bernhard die Belehnung beansprucht habe, beweist das quidquid iuris se habere diceret, daß er sie auch ausgeführt und zwar als der Erste ausgeführt, scheint mir daraus hervorzugehen, daß zunächst von den Bedrückungen der Vögte, b. h. des jetzigen und der früheren, die Rede ist, dann aber die Hauptklage gegen den Vogt gerichtet ist. Auch beweist ja der Ausdruck inaudito, non consuetudinis approbate modo, daß es sich um eine bis dahin nicht dagewesene Bedrückung handle. Ferner sollte man glauben, daß die Aebtissin, falls schon ihr Bruder Wibukind von Rheba, die Belehnung beansprüchte, diesen wohl zu bestimmen vermocht hätte, namentlich vor seiner Abreise zum h. Lande, auf den Anspruch zu verzichten. Und wäre die Belehnung schon von früheren Vögten beansprucht, von Wibukind aber nicht aufgegeben worden, wo hätte man eine bessere Gelegenheit gehabt, sich gegen die Fortführung des Unfuges zu sichern, als nach Wibukind's Tode, da die Vogtei neu zu besetzen war und man den Gewählten neue Vorschriften machen konnte? Gewiß, der neue Vogt hat die Nonnen mit unerhörten, nie erwarteten Ansprüchen überrascht: Nicht in der Absicht machte man den Zusatz: „qui mortuo W. etc.", um Bernhard als den Nachfolger wie in der Vogtei, so in dem ungerechten Anspruch zu bezeichnen, sondern um anzudeuten, bei welcher Gelegenheit der Vogt seine Ansprüche zur Ausführung gebracht hat. Nur vom Vogte zu reden, Bernhard's Namen nicht in unmittelbarer Verbindung mit seinem gewaltthätigen Vorgehen zu nennen, ist eine zarte Rücksichtnahme, die in derartigen Urkunden wohl nicht vereinzelt ist. Danach darf man nicht mit Hechelmann S. 122 sagen, Bernhard habe seine Vogtei in «ehrenhafter Weise» verwaltet.

[172]) Denn, wenn Bernhard vor oder in dem sächsischen Kriege den zu berichtenden Raub begangen, so hätte man ihn, nachdem er in

nicht geringeren Frevel hinreißen. Unbekannte Streitigkeiten mit dem Bischofe von Minden mögen die Veranlassung gegeben haben; wir kennen nur Bernhard's Vergehen: er beraubte die mindener Kirche, nahm ihr namentlich ein Gut, welches ein paderborner Geistlicher ihr geschenkt hatte [173]).

Weniger eine Gewaltthat, aber doch immer ein Uebergriff drohte damals, auch das gute Einvernehmen mit dem Bischofe von Paderborn zu stören. Zur Schützung seines Landes mochten unserem Edelherren die Städte allein nicht genügend erscheinen; er baute daher eine Burg auf dem Falkenberge, den er wahrscheinlich nur zum Theile von Paderborn zu Lehen trug, an dem er vielleicht nur ein sehr zweifelhaftes Recht hatte [174]). Jedenfalls durfte er die Befestigung nicht ohne die Genehmigung des Bischofs anlegen; als dies doch geschah, sah der Bischof sich in seinem Rechte gekränkt, sein Land bedroht. Er stellte dem begonnenen Bau energischen Widerstand entgegen; erwog dann aber die unvermeidlichen Folgen eines Krieges und zeigte sich zu einem Vergleiche bereit. Bernhard selbst scheint freudig darauf eingegangen zu sein, sei es daß er sein Unrecht erkannte, sei es daß er den sicheren Vergleich einer unsicheren Entscheidung der Waffen vorzog: der Bischof rühmt, daß der Vertrag vor Allem durch die Bemühungen Bernhard's, „der seiner Kirche in besonderer und angestammter Treue anhänge", zu Stande gekommen sei [175]). Danach mußte Bernhard und

---

diesem Kriege unterlegen war, unzweifelhaft zur Erstattung gezwungen. Unmittelbar nach dem Kriege, zu Anfang der achtziger Jahre, mußte Bernhard aber seine Kräfte erst wieder sammeln, ehe an neue Gewaltthaten zu denken war.

[173]) Siehe S. 174, Anm. 183.

[174]) Wie man wohl daraus folgern darf, daß Bernhard das Eigenthum des ganzen Berges dem Bischofe zuerkennen mußte und nur die Hälfte zu Lehen empfing.

[175]) Nobili viro et honorato B(ernardo) de Lippia, dum presi-

sein Erstgeborner Hermann das Eigenthum des Berges der paberborner Kirche zuerkennen. Der Berg wurde dann getheilt; Bernhard empfing die Hälfte zu Lehen; der Bau sollte gemeinschaftlich fortgeführt werden und Jedem ein Besatzungsrecht zustehen, die Besatzung selbst Beiden sich zur Treue verpflichten. Für die Erfüllung dieser und anderer Bestimmungen, welche die Erhaltung des Friedens bezwecken, verbürgte sich Bernhard durch eine Reihe von Ministerialen, die dem Bischofe schwören mußten, daß sie ihm gehören wollten, falls ihr Herr den Vertrag bräche [176]).

---

dium in monte Valkenberch construere disposuit, totis viribus et resistendum duximus ipsumque ab edificatione inchoata prohibere. Verum quia ipsa prohibitio dampna et pericula, que in rebus bellicis evitari impossibile est, minabatur, litem et dissensionem priores, nobiles, fideles, ministeriales Patherburnensis ecclesie, maximeque predictus Bertholdus (!), qui ex quadam speciali et hereditaria fidelitate ecclesiam familiarius dilexit, sua mediatione, eo ordine, quo subscriptus huius instrumenti textus continet, deciderunt. Aus einem paberborner Capialbuche sec. 14: Cod. dipl. Westf. II. 190. Die Art der Ueberlieferung wird den predictus Bertholdus erklären; daß der Copist das Zeichen B., das sich im Originale fand, unrichtig aufgelöst hat, daß nicht etwa an eine dritte Mittelsperson zu denken sei, zeigt eben der Zusatz predictus, der nach dem Wortlaute der Urk. nur auf Bernhard gehen kann. Im weiteren Verlaufe hat unser Copist selbst das B. nicht mehr aufgelöst; aber durch die einmalige falsche Auflösung hat er wahrscheinlich einen späteren Copisten verleitet, statt der nachfolgenden B immer Bertholdus zu setzen. So heißt es wenigstens in den, wohl dem jüngeren paberborner Capialbuche sec. 16 entstammenden Drucken bei Schaten Annal. Paderb. I. 887 und Lünig Reichsarchiv XVII. 734. — Ueber die Fehlerhaftigkeit jenes Copiars vgl. Wilmans Kaiserurkunden I. 42: der Copist schrieb in einer Urkunde Berwici für Theotonis, Idus Maii für Kal. Junias und curia habitationis für civitate!
[176]) Lipp. Reg. Nr. 105. Die hier geäußerten Zweifel an der Echtheit der Urk. hätten doch begründet, die »verschiedenen Beziehungen«,

Die genauere Zeit dieses Vertrages bleibt dahingestellt ¹⁷⁷); wenden wir uns wieder zu den zeitlich bestimmten Ereignissen, so finden wir Herrn Bernhard am 6. Juni 1191 nochmals am Hofe Heinrichs des Löwen ¹⁷⁸). Dieser ist seinem Versprechen zuwider nach Deutschland zurückgekehrt, um den Kampf gegen die Staufer zu erneuern. Zwar hat er sich bequemen müssen, seinen Sohn mit dem jungen Könige nach Italien zu schicken; doch Beide sinnen auf Verrath, Gerade jetzt wird der Anfang gemacht: da Herr Bernhard zu Braunschweig erscheint, erwartet der Sohn Heinrichs des Löwen den geeigneten Zeitpunkt, den nunmehrigen Kaiser treulos zu verlassen ¹⁷⁹), zum Reichsfeinde Tankred überzutreten und dann nach Deutschland zurückkehrend, Heinrich VI. die Krone zu entreißen. Wird Bernhard im drohenden Kampfe, wiederum Einer der Ersten, zur Fahne des Empörers stehen?

Es freut, den Namen Bernhards in der Umgebung des Welfen nicht wieder zu finden. Ueberhaupt beginnt er um diese Zeit aus den Händeln der Welt sich zurückzuziehen,

---

die sie verdächtigen, dargethan werden müssen; daß die Namen der genannten Ministerialen »zum Theile anderweit« noch nicht vorkommen, scheint mir kaum von Bedeutung zu sein.

¹⁷⁷) Sie fällt nach 1186, weil der Aussteller in diesem Jahre Bischof ward; weil ferner Hermann von der Lippe nicht vor 1193 (bezüglich 92. vgl. S. 83 Anm. 3.) begegnet, und weil Bernhard nicht mehr nach 1197 in weltlichen Angelegenheiten auftritt, wird man die Urkunde wohl zwischen 1192 und 1197 ansetzen dürfen.

¹⁷⁸) Lipp. Reg. Nr. 115 irrig zum 13. Juni; ebenso Winkelmann S. 72.

¹⁷⁹) Cohn De rebus inter Henr. VI. et Henr. leon. 61. berechnet die Zeit seiner Flucht auf Ende Juli. Danach ist es unmöglich, daß der jüngere Heinrich zugegen war, als sein Vater am 6. Juni die obige Urkunde ausstellte: „una cum filio nostro Henrico". Doch braucht man deshalb nicht mit Schultes Dir. dipl. II. 547 die Urkunde für gefälscht zu halten oder auch nur die Echtheit zu bezweifeln. Vgl. Cohn l. c.

gerade jetzt scheint eine Wandlung in ihm vorzugehen. Zwar begegnet er noch zu Anfang 1192 am kölnischen Hofe [180]); aber kein politischer Zweck scheint ihn hierher geführt zu haben, es handelt sich wohl nur um die unerläßliche Belehnung von Seiten des neuen Erzbischofs. Noch in demselben Jahre verzichtet er dem Bischofe von Münster einen Zehnten, auf daß er ihn dem Kloster Langenhorst überweise [181]). Dann sühnt er einen Frevel: er verträgt sich mit der Aebtissin von Freckenhorst, entsagt in seinem und seines Sohnes Namen jenem unerhörten Uebergriff in ihre Rechte [182]). Von solchen Vorgängen mochte man zu Minden gehört haben! da meinten die Domherren, daß der Augenblick gekommen sei, sich den zugefügten Schaden ersetzen, das entrissene Gut erstatten zu lassen. Zwei aus ihrer Mitte wurden entsandt, und wieder zeigte sich, daß Bernhard ein Anderer geworden; die Domherren kehrten mit bestem Erfolge zurück. Ja Bernhard war demüthig genug, dem Bischofe von Paderborn, mit dessen Genehmigung vordem das Gut dem mindener Stift geschenkt war, die Sühne seines Frevels anzuzeigen [183]). Doch

---

[180]) Lipp. Reg. Nr. 116 zu 1193, doch entscheidet für 1192 der Umstand, daß der Aussteller Erzbischof Bruno, der am 31. Mai 1192 gewählt wurde, — vgl. Toeche Heinrich VI. S. 218 Anm. 1. — hier noch vocatus archiepiscopus heißt. Zu 1192 stimmt denn auch die 2. Indiction.

[181]) Lipp. Reg. Nr. 117 zu 1193, doch lassen ind. 10. conc. 3. epacta 4. keinen Zweifel, daß die Urkunde zu 1192 gehöre. — Diese und die vorige Urkunde hat bereits Winkelmann dem richtigen Jahre zurückgegeben.

[182]) Lipp. Reg. Nr. 118. Mit 1193 ind. 10;. man kann also zweifeln, zu welchem Jahre die Urkunde zu setzen sei. — Winkelmann stellt sie ohne nähere Begründung zum J. 1193.

[183]) — dominus Bernhardus de Lippia idem predium (sc. in villa Milse) potestative et iniuste sibi usurpavit spoliavitque predictam ecclesiam. Sed tandem per dei misericordiam, quod illicite abstulerat, restituit humiliter per manus duorum

als scheine ihm selbst damit nicht genug geschehen, er ging mit seinem Sohne nach Paderborn, leistete in den Händen des Bischofs nochmaligen Verzicht und ließ seinen Erben schwören, daß er die mindener Kirche wegen jener Güter nimmer beunruhigen wolle [184]).

In stiller Zurückgezogenheit scheint Bernhard die nächsten Jahre verlebt zu haben. Seine Stelle vertritt sein Erstgeborner Hermann. Schon am 6. Januar 1194 finden wir ihn als Vogt von Lisborn im Namen seines Vaters handeln [185]). Zwei Jahre später schließt er auf eigene Hand

---

canonicorum sti. Martini, Vulveri et Godefridi, qui a suo capitulo ad eum missi fuerant; nobis etiam et capitulo nostro literas misit, in quibus confessus (ergänze: est), se bona sti. Martini, que iniuste invaserat, restituisse. Erhard Cod. dipl. Westf. II, 236.

[184]) Lipp. Reg. Nr. 120, das aber weit weniger besagt, als die Urk. «Mit Genehmigung seines Erstgebornen» ist z. B. ganz unzureichend.

[185]) Lipp. Regesten Nr. 474c. — Winkelmann S. 74 sagt: «Aus den Regesten Bernhard's ersieht man, daß schon 1194 und 1195 sein Sohn Hermann als Träger der väterlichen Lehen erscheint. Damals hatte Bernhard also schon resignirt.» Allerdings finden wir hier den Hermann als Stellvertreter des Vaters: er gibt für sich «und seinen abwesenden Vater» die Zustimmung zu einem Tauschvertrage des Klosters. Aber daraus darf man nicht folgern, daß Bernhard die Regierung niedergelegt habe: der Sohn muß ja im Namen des Vaters die Zustimmung geben; wozu aber die Zustimmung eines Mannes, der nichts mehr zu sagen hat? So ergibt sich aus unserer Urkunde, daß Bernhard zur Zeit ihrer Ausstellung noch regierender Herr war. Wenn Winkelmann ihr Datum nach der gleich zu erwähnenden Anwesenheit Bernhard's in Paderborn und aus der Indiction zu bestimmen sucht — zwischen Anfang Juli und dem 1. oder 24. Sept. —: so hat er übersehen, daß sie das Datum trägt „in epiphania Domini". Erhard Cod. dipl. II. 237. Damit ist denn auch dem Versuche Winkelmann's, aus unserer Urkunde die Abreise Bernhard's nach Livland

einen Vertrag mit der Aebtissin von Freckenhorst [186]). Der Vater scheint ihm die Führung aller Geschäfte überlassen zu haben [187a]); wo Bernhard selbst auftritt, geschieht es nur noch im Interesse Marienfeld's. So führte ihn am 7. Juli 1194 eine Klage des Klosters nach Paderborn: da er zu Brakwede im Jahre 1185 gesehen hatte, wie die Brüder von Schwalenberg dem Kloster die Kirche und den Hof zu Stapellage geschenkt hatten, so konnte er jetzt, als der jüngere Bruder Heinrich, der das Geschenk wieder an sich gerissen hatte, vom kölner Erzbischofe nach Paderborn geladen war, zu Gunsten des Klosters zeugen. Dieses hat seine Klage denn auch gewonnen: der Uebelthäter war zwar nicht erschienen, doch unterwarf er sich dem Urtheile des Erzbischofs [187]). Einem freudigeren Ereigniß, einer Mehrung des Klostergutes, beizuwohnen, war Bernhard drei Jahre später vor dem Gerichte bei Mattenheim erschienen; es war ein anderer Schwalenberg, der Propst von Paderborn, der mit Geneh-

---

zu bestimmen, jede Grundlage entzogen. Im J. 1196 oder, wie Winkelmann will, 1195 — vgl. die folgende Anm. — erscheint Bernhard's Sohn ganz selbstständig als Vogt von Freckenhorst, wenigstens wird in der betreffenden Urkunde, die der Bischof von Münster ausstellt, des Vaters nicht gedacht. Aber auch damit ist wohl nicht so unbedingt erwiesen, daß Bernhard nun die Regierung niedergelegt habe. Wenn Bernhard zu früheren Regierungsacten den Sohn heranzog, wenn dieser schon den Vater vertreten hatte, so konnte der Sohn recht wohl auch einmal selbstständig einen Vertrag schließen, zumal wenn etwa der Vater an der Krankheit, von welcher wir hören werden, hoffnungslos darnieder lag.

[186]) Lipp. Reg. Nr. 122. Die Urkunde hat die widersprechenden Daten: 1196, ind. 13. Winkelmann entscheidet sich ohne Weiteres für 1195.

[187a]) Das ist benn etwas Anderes, als eine förmliche Abdankung, wovon die später zu erwähnende Urk. spricht.

[187]) Lipp. Reg. Nr. 121. Ob gleichzeitig mit Nr. 120?

migung der ihm verwandten Mutter Wibukind's von Rheda, seiner Erbin, damals das Kloster beschenkte [188]).

Wir stehen am Ende von Bernhards weltlicher Thätigkeit; hätten wir hier Abschied von ihm zu nehmen, wäre nicht Rühmlicheres über ihn zu berichten, — in der Geschichte Westfalens dürfte sein Platz nicht unter den Letzten sein. Kein westfälischer Zeitgenosse hat ihn an Kriegsruhm übertroffen; der es ihm gleichthun sollte, der ritterliche Bernhard von Horstmar, reifte erst zum Manne heran. Und tapfer, wie er war, ist er seiner Sache bis zum letzten Augenblicke treu geblieben: hätte Heinrich der Löwe nur solche Männer in seinem Heere gehabt, so schnell wäre die Entscheidung gegen ihn nicht gefallen. Doch Tapferkeit und Treue sind es nicht allein, die Herrn Bernhard auszeichnen: über Hunderte von Kriegshelden erhebt ihn sein wirthschaftlicher Geist. Daß er der erste Edle war, der auf westfälischem Boden Städte gründete, daß er es in einer Zeit that, in welcher seine Standesgenossen jede freiheitliche Regung des Bürgerstandes ängstlich überwachen und zu erdrücken suchen; daß seine Gründung und deren Verfassung durch ganz Westfalen ein Muster ward, soll die heimische Geschichte nimmer vergessen. Auch die Gründung Marienfeld's gereicht ihm zu nicht geringem Verdienste. Aber wer wollte läugnen, daß über seinem Ruhme auch dunkle Schatten lagern? doppelt schwarz müssen diese Gewaltthaten im Lichte unserer Bildung erscheinen. Nach anderem Maße wird man sie beurtheilen müssen. Wenn Bernhard Kirchen beraubte, so geschah es zu einer Zeit, in welcher Räuber und Gewaltthäter, wie der Erzbischof von Köln gerade mit Beziehung auf Westfalen sagt, aller Orten sich mehrten [189]), in welcher die Großen, "gleichsam durch schändliche Gewohnheiten berechtigt, die

---

[188]) Lipp Reg. Nr. 124.
[189]) Cod. dipl. Westf. II. 234.

Kirchen zu berauben pflegten"[190]). Wenn Bernhard als Vogt das Kloster bedrückte, — klagt nicht der Bischof von Münster, daß die ganze Kirche unter den Anmaßungen der Vögte seufze und fast erliege[191])? Wenn er in seinen Kriegen, in seinen Räubereien und Brandschatzungen so Manchem zum Verderben ward[192]), ist er ein Anderer, als etwa im sächsischen Kriege die Soldaten des Erzbischofs von Köln, „die Söhne Belials[193])?" Gerade in Westfalen muß der Schlachtruf Alles übertönt haben: die Söhne der rothen Erde waren rauhe Männer, die sich auf Manches verstehen mochten, nur nicht auf den Frieden. Die schon erwähnten Fehden sprechen für die Wahrheit des Satzes. An ferneren Beweisen ist kein Mangel. Um nur die zeitlich nächsten Kriege zu berühren, m Jahre 1185 kämpfte der Graf von Arnsberg gegen fünf andere Grafen[194]); im Jahre 1188 stand der Bischof von Paderborn gegen die Brüder von Schwalenberg in den Waffen[195]), und wieder im Jahre 1194 tobte der Krieg und seine Schrecken durch westfälische Lande[196]). In solcher Schule, in solcher Umgebung ließ sich keine Milde und Schonung üben; die Gewaltthat forderte die Unmenschlichkeit heraus.

So ist Manches entschuldbar; man darf wohl tadeln, doch ist man zu einem härteren Urtheile nicht berechtigt.

---

[190]) Ich kann im Augenblick den Beleg nicht wiederfinden, doch meine ich obige Stelle aus einer westfälischen Urkunde entlehnt zu haben. Vgl. übrigens Ficker Engelbert der Heilige 234.
[191]) Cod. dipl. Westf. II. 178.
[192]) vir seculi actibus deditus, post multa bella, inter quae rapinis et incendiis multis iniuriosius extiterat. Chron. mont. sereni.
[193]) Arn. Lub. II. 25.
[194]) Seibertz U.B. I. 122. Cf. Cod. dipl. Westf. II. 189.
[195]) Gobelin. 274.
[196]) Annal. Colon. max. Monum. Germ. XVII. 82.

Ohne zu übersehen, was er gefehlt hat, mag man mit Albert von Stade sagen: „von Jugend auf ein tüchtiger Herrscher und Soldat, habe Bernhard ein rühmliches Leben geführt, — was die Zeit beträfe". „Doch in Gott", fügt der Chronist hinzu [197]), „vollendete er es rühmlicher".

2. Bernhard als Mönch und Bischof.

Auch der Geist des Menschen hat seine mächtigen Beherrscher. Vor Allem ist es seine Wohnung, von deren wechselnden Einflüssen er sich nimmer befreit. Wenn der Körper in männlicher Frische blüht, dann wallt auch der Geist in rascheren Pulsen. Nichts scheint ihm unerreichbar; er wünscht Kampf und Gefahren; urwüchsiger Kraft sich bewußt, kennt er keine Grenzen; er selbst ist sich Gesetz. Plötzlich siecht der Körper, Krankheit legt den vorwärtsstrebenden Geist in Fesseln, giebt ihm Zeit zur Betrachtung, führt ihn zur Erkenntniß. Da ist der Umschwung erfolgt: andere Bahnen möchte der Geist wandeln, er hat sich vertieft, ein neuer erhebt sich aus dem Siechthum des Körpers.

In beständigen Kämpfen und Gefahren hatte Bernhard sich nie geschont; Wind und Wetter hatten ihm zugesetzt; sein fester Körper mußte endlich darunter leiden. Er ward gelähmt; seine Füße vermochten den Körper nicht mehr aufrecht zu halten, geschweige denn zu bewegen [198]). Dennoch trotzte er der Krankheit: verbot ihm die Lähmung, seinen

---

[197]) — a suae tempore iuventutis in omnibus vel dominii vel militiae suae actibus strenue se gessit etc. — Hic laudabilem vitam, quoad seculum, laudabilius in deo complens etc. Annal. Stadens. Monum. Germ. XVI. 360.

[198]) Justin. v. 547—551 beschreibt die Krankheit; es erwähnen ihrer auch Annal. Stadens. l. c. Henricus Lottus XV. 4.

Kriegern vorauszuziehen, so sollte sie wenigstens sein Schlachtruf leiten: in einer Sänfte fuhr er zum Kampfe, und um
so gewaltiger ließ er die Stimme erschallen, als er nicht
mehr zu den Einzelnen hineilen konnte ¹⁹⁹). So mochte er
eine Zeitlang der Krankheit spotten ²⁰⁰), endlich bezähmte sie
den unbeugsamen Geist. Wie Bernhard nun an seinem Lehn-
stuhle gefesselt war, sich selbst das traurigste Bild der Ver-
gänglichkeit, da gedachte er seiner Frevel, und Körper- und
Seelenschmerz wirkten zusammen, seinen Geist auf andere

---

¹⁹⁹) Idcirco quod crura negant, ars supplet: ad omnem,
  Quo divertere vult, ducitur arte locum.
Conficitur sporta de vimine texta, iacendo
  In qua deduci vel residendo queat
Haec binis gestatur equis reliquo praeeunto
  Et reliquo gressu concomitante pari.
Tali vectura quae vult loca visitat et non
  Desinit in bello semper adesse suis.
Quod negat eclipsis membrorum, vox animosa
  Supplet et hortatu promovet arma suo. — Justin.
v. 553—562. — Strenue se gessit, ita ut circa maturam
aetatem, quamvis est debilis et contractus, in sporta ad
proelium deferretur et inimicos potita victoria superaret.
Annal. Stadens. l. c.—Idem Bernardus comes, dum quondam
in terra sua proelia multa et incendia et rapinas committeret,
a deo castigatus plagam debilitatis in pedibus incurrit, ut
claudus utroque pede in sporta multis diebus portaretur.
Henric. Lett l. c. — Bernardus de Lippe, miles armis
strenuus et exercitatus post multos claros triumphos de
hostibus infirmatus nervorum contractione monachatur in
ordine Cisterciensi. Chron. anon. Laudun. ap. Bouquet
XVIII. 717.
²⁰⁰) Tandem curiculo non longi temporis hausto
  Ipse suum cogit commemorare statum. — Justin. v.
563—64. Dagegen scheint das circa maturam aetatem etc.
der Annalen von Stabe auf eine längere Krankheit zu deuten.
Heinrich's des Letten „diebus multis" würde mit der Angabe
Justins nicht gerade unvereinbar sein.

Bahnen zu leiten. Eine gewaltige Natur, die nur die Gegensätze zu kennen scheint, beschloß er sofort der Welt zu entsagen, sich ganz dem Dienste Gottes zu widmen²⁰¹). Zweierlei stand vor seinem Geiste: wenn er gesund würde, wollte er Mönch zu Marienfeld werden, ein frommes Werk nicht gewöhnlicher Art sollte seinen Eintritt ins Kloster vorbereiten.

Ein einfacher Mönch, fast nur durch seinen Eifer und Glauben stark, hatte die Bekehrung Livlands begonnen. Schwach waren die Anfänge, aber allmälig richteten sich manche Blicke auf jenes Gebiet; es dem Christen- und Deutschthum zu erobern, schien eine würdige Aufgabe. Auch Ruhm und Gewinn lockte in das ferne Land. Andere gedachten ihrer Sünden, denn die Bekehrer hatten allen Mitziehenden vollkommenen Ablaß erwirkt. So begannen denn die Züge nach Livland immer häufiger und zahlreicher zu werden. Westfalen blieb nicht zurück; wieder und wieder sind seine Söhne mitgezogen, an der Bekehrung und Bekämpfung Theil zu nehmen. Unter den Ersten Herr Bernhard, auch hier ganz der Mann, der auf den nächstliegenden, auf den erreichbaren Vortheil bedacht ist. Der sich nicht an einem Kreuzzuge ins gelobte Land betheiligt, der nicht für das bloße, so zauberhaft anziehende Ideal gekämpft hatte, greift freudig zum Schwerte, da es sich um die Eroberung und Bekehrung eines benachbarten, nachhaltig zu bekämpfenden und zu besetzenden Landes handelt.

Noch an allen Gliedern gelähmt, also offenbar im Vertrauen, daß die fromme That ihm Heilung bringe, nahm er das Kreuz²⁰²). Und siehe, sein Vertrauen soll ihn nicht

---

²⁰¹) Lange Gebete, denen das Gelübde folgt, bei Justin. v.569—626.
²⁰²) Unde compunctus religionem Cisterciensis ordinis assumpsit et aliquot annis religionem discens et literas, auctoritatem a domino papa verbum dei praedicandi et in Livoniam pro-

betrogen haben: er selbst hätte nachmals erzählt, daß er gleich nach Empfang des Kreuzes genesen sei. Eine andere Ueberlieferung läßt seinem Gelübde, Mönch zu werden, die wunderbare Heilung folgen²⁰³). Vielleicht fallen das Ge-

ficiscendi accepit et, ut ipse saepius retulit, accepta cruce ad terram beatae virginis, statim consolidatae sunt plantae eius et recepit sanitatem pedum. Henric. Lett. l. c. — So erzählt Heinrich zum Jahre 1211, und nach dem ganzen Zusammenhang seiner Worte kann man wohl nicht zweifeln, daß er selbst meinte, Bernhard's Heilung sei erst erfolgt, da derselbe als Mönch und Glaubensbote 1211 nach Livland zog. Doch wird Anm. 204 zeigen, daß Bernhard noch als Laie nach Livland zog. Weiter wird sich aus Anm. 203 ergeben, daß Bernhard vor seinem Eintritte ins Kloster genas. Wenn also der Empfang des Kreuzes ihn gesund machte, so muß es damals gewesen sein, da er als Laie nach Livland zog. Heinrich scheint eben Bernhard's ersten Zug nach Livland nicht gekannt zu haben: was Bernhard von sich erzählte, übertrug er auf den ersten, ihm bekannten Zug. Dabei bemerkte er nicht, daß er selbst höchst Unwahrscheinliches überlieferte. Nach ihm müßte man annehmen, daß der Mönch Bernhard, obwohl noch gelähmt, vom Papste die Erlaubniß zur Reise nach Livland und zur Predigt des Glaubens erwirkt habe: auf Grund dieser Erlaubniß empfängt er das Kreuz, das ihn heilt. Daß aber ein noch Gelähmter, in der bloßen Aussicht auf Heilung, zum Papste schickt, sich zur Reise und Glaubenspredigt befugen zu lassen, ist mindestens höchst unwahrscheinlich, wenn nicht geradezu undenkbar.

²⁰³) Religionis ei sacra vita placet fierique
Exoptat cultu, moribus alter homo.
Scit, quia grata deo sit victima, spernere mundi
Gaudia, se totum sacrificare deo.
Quae cupit, assequitur; votum iuvat omnipotentis
Gratia; membrorum redditur usus ei. — Justin v. 629—634.
Allerdings scheint das chron. anon. Laudun. l. c. dieser Angabe zu widersprechen: infirmatus nervorum contractione monachatur in ordine Cisterciensi, cum quo post convalescentiam etc. Danach wäre Bernhard wohl erst im Kloster gewesen; doch wird sich noch weiter zeigen, wie Manches in der Chronik des Mönches von Laon falsch ist.

lübbe und die Annahme des Kreuzes in Eine Zeit; die feste Zuversicht, daß beide Werke vor Gottes Augen Gnade fänden, mag den gelähmten Gliedern neue Kraft verliehen haben. Aber nicht zu gleicher Zeit hat er das Kreuz und die Kutte genommen: noch als Laie ist er nach Livland gezogen [204]. Nachdem die Gattin eingewilligt, ordnete er seine Verhältnisse: dem Erstgebornen übergibt er seine Habe; seinen Lippstädtern verbrieft er ihre Rechte, „ein Krieger Gottes" zieht er dann nach Livland.

Nach Beendigung dieses Zuges, der sich zeitlich nicht bestimmen läßt [205], aus dem auch keine Einzelheiten bekannt

---

[204]) Dies ist von keinem Geschichtsschreiber überliefert, scheint sich aber mit zwingender Rothwendigkeit aus dem Schlußsatze der lippstädter Verfassungsurkunde zu ergeben: Scriptum hoc sigillo Herimanni filii mei communivi, cui et mea omnia resignavi, eo tempore cum, ab uxore mea Helewige licentia accepta, Livoniae partes deo militaturus intravi. Als Laie mußte Bernhard dem Sohne sein Besitzthum überweisen, als Mönch bedurfte er der Erlaubniß seiner Gattin nicht mehr. Wenn also Bernhard, nachdem er zu Gunsten seines Sohnes abgedankt hat, mit Erlaubniß der Gattin nach Livland geht, so ist er Laie.

[205]) Da das erste sichere Zeugniß, daß Bernhard Mönch sei, in einer päpstlichen Urkunde von 1207 sich findet, — vgl. Lipp. Reg. Nr. 134 — so kann man mit voller Bestimmtheit nur sagen, daß Bernhard als Laie vor 1207 nach Livland reiste. Doch weil er nach 1197 nicht mehr als Laie begegnet, so ist wohl anzunehmen, daß er bald nach 1197 Mönch geworden. — Nach Winkelmann S. 47 hätte Bernhard zwischen den ersten Tagen des Juli und dem 1. bezüglich 24. Sept. 1194 «resignirt und als Ritter die Kreuzfahrt nach Livland angetreten.» Daß diese Annahme auf falschen Voraussetzungen ruht, wurde S. 71 Anm. 185 gezeigt. — Eigenthümlich ist der Bericht bei Heister Suffrag. Coloniens. extraord. ed. Binterim 31, wonach Bernhard im Jahre 1197 als Mönch den Bischof Berthold begleitet und hac occasione coloniam monachorum e Marienfeldensi coenobio in Wadenhart Livoniae deducens, velut filiam a matre Marienfeld appellavit, ubi etiam abbas constitutus est, ut constat

sind, wird Bernhard mit dem Eintritte ins Kloster nicht
gezögert haben. Zwar soll seine Gattin widerstrebt haben;

ex chronico Lauterburgensi et Marienfeldensi. Ersteres
(chron. mont. ser. 124) hat von Bernhard nur die falsche
Nachricht, daß er Abt zu Harsewinkel geworden sei, b. h. zu Marienfeld, welches Anfangs auch Harsewinkel und Wadenhart hieß;
die Chronik von Lauterberg bietet also für Heister's Angabe gar
keinen Beleg; da sie nur von Harsewinkel redet, begreift man
nicht einmal, wie Heister zu dem ganz falschen Wadenhart Livoniae kam. Es scheint mir der Angabe der Annal. Stadens.
zu entstammen; nach ihnen: apud Wadenhart Cisterciensi ordini se reddidit, et primum ibidem factus abbas etc. Dieses
Wadenhart, eine anfänglich sehr gebräuchliche Bezeichnung für
Marienfeld, scheint Heister in Livland gesucht zu haben. Danach
ist Wadenhart Livoniae aus seiner Angabe zu streichen, und
weil die erste seiner Quellen Nichts beweist, so werden seine weiteren Angaben aus der ungedruckten Chronik von Marienfeld entlehnt sein. Ob unverfälscht, müßte eine Einsicht in die Chronik
lehren. — Ein Anderer, der auch die marienfelder Chronik benutzte
— Lebebur bei Dorow Denkmäler u. s. w. II. 185 — berichtet
allerdings auch, daß von Marienfeld aus ein Tochterkloster nach
Livland entsandt sei, daß Bernhard demselben vorgestanden habe;
doch sagt er nicht, daß die Gründung unter Bischof Berthold geschehen sei; er weiß Nichts von einem livländischen Marienfeld;
bezeichnet das Tochterkloster vielmehr als das bekannte Dünamünde.
Endlich sagt er, der erste Abt von Marienfeld Eggehard habe die
Kolonie entsandt. Diesen Eggehard läßt die Chronik bis 1201
Abt sein, urkundlich findet sich aber schon 1193 der Abt Gottfried,
dann von 1194 bis 1211 der Abt Florenz. Dünamünde aber
wurde erst 1201 oder eigentlich erst 1205 gegründet — vgl.
Henric. Lett. VI. 5 mit IX. 7. — Man sieht, daß die Angaben der Chronik von zweifelhaftem Werthe sind. — Dunkel und
unverständlich scheint mir Schaten Annal. Paderb. I. 927.
Er kennt gleichfalls die Chronik von Marienfeld, benutzt aber auch
Heister's Werkchen: „Magno in hanc rem adjumento horta-
mentoque fuit Bernardus de Lippia, qui per id tempus
(ao. 1199) cum Bertholdo episcopo Romam profectus
aut certe in Westfaliam transgressus, ipse et Bertholdus ejusdem Cisterciensis ordinis abbas

doch endlich mußte sie seinem Drängen nachgeben. Er nahm Abschied von ihr und den Kindern, von Freunden und Untergebenen; des Vaters würdiger Sohn, sein Erstgeborener Hermann, mochte fortan für die Mutter und jüngeren Geschwister sorgen [206]; er selbst hatte mit der Welt abgeschlossen: in dem stillen Marienfeld [207] mochte er vergangener Tage gedenken, doch nicht um sie zurück zu wünschen, nur sie zu bereuen.

Wie man auch gesinnt ist, — daß ein schon betagter Mann, nach solcher Vergangenheit, Familie und Haus verläßt, der Welt entsagend, ein neues Leben beginnt, ist etwas Großartiges, zwingt zur Bewunderung. Hätte Bernhard den Rest seines Lebens auch wie jeder andere Mönch vollbracht: in Beten uud Dienen, wir würden ihm unsere Anerkennung nicht versagen. Aber der Mann der That dachte an Anderes. Zunächst wird er lebhaft an allen innern und äußeren Angelegenheiten des Klosters sich betheiligt haben. Dem Mitbegründer mochte man da größere Rechte einräumen, als dem einfachen Bruder. So finden wir „den Bruder Bernhard von der Lippe" neben Anderen als Schiedsrichter

---

novas secum religiosorum virorum ac sacerdotum colonias ex Westfalia et Saxonia in Livoniam traduxere, quorum ipse Bernardus moderator fuit. Statt in Westfaliam ist wohl in Liveniam zu lesen; aber die beiden Bertholde?

[206] In 100 Versen sind diese Vorgänge nicht übel von Justin geschildert, aber ohne geschichtlichen Werth, v. 639—739.

[207] Justin. v. 739 sqq. — deo inspirante animo habituque mutato, in quadam ecclesia novella, quae primitus Hosewinkele dicebatur, primum Cisterciensis ordinis monachus, demum ejusdem loci abbas factus etc. Chron. mont. ser. 124. — Hic laudabilem vitam, quoad seculum laudabilius in deo complens, apud Wadenhart Cisterciensi ordini se reddidit, et primum ibidem factus abbas etc. Annal. Stadens. 360. Trotz dieser übereinstimmenden Zeugnisse ist Bernhard nie Abt von Marienfeld gewesen: denn in Urk. von 1211 heißt er noch frater und gleich darauf wird er Abt von Dünamünde.

eines Streites zwischen seinem Kloster und dem Ritter Rotger[208]); auch wird der Bruder, der als Ritter so viel gegründet und gebaut hatte, beim Baue der Häuser und der Kirche gerathen und geholfen haben[209]). Dann sehen wir ihn die lang vergessenen Studien wieder aufnehmen: in der Klosterzelle zu Marienfeld sucht der Greis zu erneuern und zu ergänzen, was einst der Jüngling zu Hildesheim gelernt hatte[210]). Strenge Befolgung der Ordensregel, Beten und Fasten soll ihm Verzeihung der Sünden erwirken, aber auch wie die Studien auf Höheres vorbereiten.

Im Jahre 1211 fühlte er sich gerüstet[211]). Der Papst selbst hatte ihn ermächtigt, wo er vordem für den Glauben gekämpft, jetzt den Glauben zu predigen[212]). So fand ihn

---

[208]) Lipp. Reg. Nr. 129. Ohne Jahr, mit Juni 18. Von Preuß und Falkmann und früher von Wilmans Westf. U.=B. IIIa, 8. zwischen 1201 und 1211 gesetzt, weil der Aussteller Abt Florenz in diesen Jahren Abt gewesen sei. Doch wie schon oben bemerkt, findet sich Abt Florenz schon 1194, Cod. dipl. Westf. II. 233. Er wird vor 1201 noch genannt zu 1196, 97, 1200. Cod. dipl. Westf. II. 247. Kindlinger Münst. Beiträge IIIa, 108. Cod. dipl. Westf. II. 266. — Ueber Lipp. Reg. Nr. 135 wonach Bernhard 1207 beim Pfalzgrafen Heinrich gewesen wäre, siehe Nr. 2. der dritten Beilage.

[209]) Graf Gottfried von Arnsberg schenkt 1206 dem Kloster ein Gut, ut videlicet ad structuram ecclesiae loci, quamdiu aedificationi necessarium fuerit, integraliter deserviat. Wilmans Westf. U.=B. IIIa, 23. — Wie umfangreich der Zeit die Klostergebäude schon waren, zeigt die obige Urk. des Abtes Florenz: man hatte danach schon ein äußeres und inneres Hospital.

[210]) Scripturas relegit, neglecta diu studiosa
   Mens redimit, supplet sollicitudo frequens.
   Justin. v. 751—752. — aliquot annis religionem discens et litteras. Henric. Lett. l. c.

[211]) Ueber eine Reise, die Bernhard vor 1208 unternommen hätte und auf welcher er zum Abt von Dünamünde ernannt worden, siehe die längere Anm. zu Nr. 1 der dritten Beilage.

[212]) — auctoritatem a domino papa verbum dei predicandi et

Bischof Albert von Riga. Als dieser nun im März 1211 mit neuen Schaaren nach Livland zog [213]), als die Bischöfe

>in Livoniam proficiscendi accepit. Henric. Lett. l. c. — de praecepto domini papae ordinatur praedicator Livoniae. Chron. anon. Laudun. l. c., wo aber irrig erzählt sein möchte, daß Bernhard vor dem Antritt der Reise zum Priester geweiht sei. Vgl. S. 85 Anm. 217. — Justin erzählt:
>Exilii vitam desiderat, esse salubre
>   Plus putat, a patria cedat ut exul humo.
>A pastore suo fas impetrat et mare transit. — v. 765—768.
>
> — Ich bemerke hier, daß es aus dem Jahre 1211 eine Urk. des Bischofs von Paderborn giebt, in der ein Bernhardus de Lippia als Zeuge erscheint. Dazu wird in Lipp. Reg. Nr. 138 bemerkt, daß statt Bernhard wohl Hermann zu lesen sei, denn Bernhard könne 1211 unmöglich noch als weltlicher Zeuge vorkommen. Dagegen ist einzuwenden, daß Bernhard nicht ausdrücklich als weltlicher Zeuge bezeichnet wird, daß er gerade in der Mitte von weltlichen und geistlichen Zeugen steht, und uns also die Wahl bleibt, ihn zu Ersteren oder Letzteren zu ziehen. Freilich scheint die einfache Benennung Bernhardus de Lippia mehr für einen Weltlichen als Geistlichen zu sprechen; doch auch in der Urk. vor 1207, über welche Nr. 2 der 3. Beilage handelt, heißt Bernhard einfach Bernhardus de Lippia, obwohl ihn doch seine Stellung vor einem Geistlichen eben selbst als Geistlichen kennzeichnet. Nur bleiben auch bei dieser Urk. von 1207 nicht zu hebende Bedenken: besser scheint es mir, die Urk. des Bischofs von Paderborn unberücksichtigt zu lassen. Wer anders denkt, mag dann immerhin Bernhard's Besuch am Hofe des Bischof's von Paderborn mit der bald darauf vom Bischofe und ihm unternommenen Reise nach Livland verbinden.

[213]) Hauptquelle für Bernhard's Thätigkeit in Livland ist, außer den Urkunden, die Chronik Heinrich's von Lettland. Deren Druck in den Scr. rer. Liv. ist nur Wiederholung der auf jüngerer Abschrift beruhenden Ausgabe von Gruber. Zur Vergleichung, bezüglich Verbesserung, sind überall die Varianten des weit älteren Cod. Zamoscian. heranzuziehen. Unter Benutzung dieser Varianten, zusammengestellt von Schirren (Der Codex Zamoscianus.

von Paderborn, Ratzeburg und Verden sich ihm anschlossen; da folgte auch Bruder Bernhard[214], — wie der Mönch von Troisontaines sagt: „ein bewunderungswürdiger edler Mann". Kurze Zeit mag er am Hofe des Bischofs verweilt haben; als Bruder Bernhard unterzeichnet er eine Urkunde, die der Bischof bald nach ihrer Ankunft ausstellte[215]. Dau-

---

Dorpat 1865), habe ich in den Anmerkungen, die auf Bernhard bezüglichen Stellen mitgetheilt.

[214] Henric. Lett. XI. 1. — Alberic. ap. Leibnitz Access. hist. II. 445 erzählt zu 1207, eidem (sc. Alberto episcopo) associatus est in praedicatione vir mirabilis et nobilis, comes Bernardus de Lippia in Westphalia. Das Jahr hat gar keine Bedeutung: erzählt doch der Compilator zu demselben Jahre den Tod Bischof Bertholds und die Ernennung Albert's. Danach erscheint es mir durchaus ungerechtfertigt, in dem ungenannten Grafen, der nach Henric. Lett. XI. 1 um Pfingsten 1207 noch mit Bischof Albert nach Livland kam, unseren Bernhard zu erblicken. Da Heinrich sagt, es seien mit Albert gekommen comes de Peremunt Godescalcus et comes alius, so muß man vielmehr annehmen, daß er den anderen Grafen nicht gekannt oder dessen Namen nicht im Gedächtnisse gehabt. Beides kann bezüglich Bernhard's, über den er sich später genau unterrichtet zeigt, nicht wohl der Fall sein.

[215] Lipp. Reg. Nr. 3259. Bunge Reg. Liv.-, Esth.- und Kurl. Urk., Nr. 25. — Winkelmann S. 46 läßt diese Urkunde einige Zeit nach der Ankunft ausgestellt sein. Mit voller Sicherheit kann man sie nur zwischen April und August 1211 setzen; denn im Herbst 1211 kehrte der Aussteller, Bischof Albert, wieder nach Deutschland zurück. Einen Beweis aber, daß sie nothwendig einige Zeit nach der Ankunft fallen müsse, hat W. nicht erbracht. Dagegen scheint für die Annahme, daß sie recht bald nach der Ankunft ausgestellt sei, ihr Inhalt zu sprechen. Der Bischof ertheilt den gothländischen Kaufleuten für ihm geleistete Dienste eine Reihe von Privilegien. Diese Dienste beziehen sich wohl nicht auf Unterstützung beim Bekehrungswerke, auch nicht auf kriegerischen Beistand; sondern das Handelsvolk wird dem Bischof bei der Ueberfahrt gedient haben: vielleicht ist Albert auf gothländischen Schiffen übergesetzt. Was wäre da natürlicher, als wenn er gleich

ernben Aufenthalt nahm er bann bei ben Cisterziensern zu
Dünamünde, der noch jungen Stiftung Bischof Albert's.
In kürzester Frist sollte er ihr Abt werden²¹⁶). Denn auf
ihn fiel die Wahl der Mönche, als der bisherige Abt Theodorich von Bischof Albert zum Bischofe von Estland ernannt
worden. Wie es jetzt nöthig war, empfing Bernhard die
Priesterweihe²¹⁷); wohl gleichzeitig weihte ihn Bischof Albert
zum Abte²¹⁸). Bald sehen wir ihn an den politischen und
kriegerischen Ereignissen des Landes betheiligt.

nach der Ankunft sich dankbar bewiesen hätte. Auf keinen Fall
kann aber Winkelmann, so lange der Beweis nicht erbracht ist,
daß unsere Urkunde «einige Zeit» nach der Auskunft ausgestellt
sein muß, sie dafür geltend machen, daß das bald zu besprechende
in primo adventu bei Heinrich dem Letten nicht «gleich bei seiner
Ankunft», sondern nur «bei seiner ersten Ankunft» heißen könne.
Vgl. Anm. 218.

²¹⁶) Est ibi collegium monachorum, quos ligat ordo
    Idem, quo vinctus vir sacer iste fuit,
Mansio structura praecellens, rebus abundans,
    Religiosa domus, cultibus apta dei.
Dicitur haec Dunemunde trahens a flumine nomen
    Ad cuius litus est locus iste situs.
Huic se collegio vir sanctus adoptat, eumquo
    Gaudet confratrem grex sacer esse suum,
Hunc veneratur, amat: non multo tempore lapso,
    Abbas eligitur illius ipse gregis. — Justin. v. 773—782.

²¹⁷) Tunc velut ordo jubet charactere presbyteratus
Sacratur etc. — Justin. v. 783—84. Daß Justin hier
gegen den schon oben angezogenen Bericht der Chronik von Laon,
wonach Bernhard vor der Reise nach Livland geweiht wäre, im
Rechte ist, beweist die in Livland ausgestellte Urk., in welcher
Bernhard noch frater heißt. Wenn dieselbe Chronik erzählt: cum
quo (sc. ordine Cisterciensi) post convalescentiam a Mogun-
tino archiepiscopo est dispensatum, ut per inferiores ordi-
nes ascendens, in sacerdotem promoveretur, so mag Letzteres
seine Richtigkeit haben, man begreift aber nicht, weshalb der Erzbischof von Mainz die Erlaubniß ertheilt.

²¹⁸) (Theodoricum abbatem) in episcopum consecravit, Bernar-

Heiß ersehnt von den angesiedelten Deutschen, den bekehrten Liven und Letten, war das Heer der Pilger ange-

dum vero de Lippia in abbatem consecravit. Henric. Lett. XV. 4. Gleich darauf sagt der Chronist nochmals: in primo adventu eius in Livoniam in Dunemunde consecratus est in abbatem; da ist es unbegreiflich, wie Hansen (Seite 9 der Vorrede) annehmen kann, Bernhard sei vor 1211 zum Abte geweiht: „in primo adventu" heiße «bei seiner früheren, der jetzigen vorausgehenden Ankunft». Damals also wäre er geweiht und jetzt natürlich wieder, denn Heinrich läßt ja Bernhard's Weihe auf die eben jetzt vollzogene Weihe Theodorich's folgen. Also zweimalige Weihe für dieselbe Würde! Auch heißt Bernhard ja noch 1211 frater. Wie ist da an eine Weihe vor 1211 zu denken? — In primo adventu heißt, wie Hansen 158 richtig übersetzt: «Gleich bei seiner Ankunft». In derselben Bedeutung, ja in derselben Verbindung gebraucht Heinrich das Wort „primus" in dem unmittelbar vorhergehenden Kapitel! Da lobt Alles den lieben Gott, qui in adventu primo plurimorum episcoporum tam gloriosum de paganis triumphum concessit. XV. 3. — Dabei ist natürlich beide Male nicht daran zu denken, daß die Ereignisse, wenn ich so sagen darf, der Ankunft auf dem Fuße nachfolgten; ich meine besonders, daß man gegen meine obige Ausführung nicht geltend machen soll: Bernhard lasse sich in Livland urkundlich noch als frater, Theoderich als abbas nachweisen. — Winkelmann S. 46 hat die Deutung «bei seiner ersten Ankunft» wieder aufgenommen: Heinrich der Lette hat sich geirrt und wirklich sagen wollen, Bernhard sei 1211, als er zum Abte geweiht worden, zum ersten Male in Livland gewesen. Man könne nicht übersetzen: «gleich bei seiner Ankunft», denn jedenfalls sei «noch einige Zeit nach derselben der frühere Abt von Dünamünde Theoderich in dieser Würde geblieben». Letzteres begründet W. durch die Urkunde Bischofs Albert von Riga, in welcher „frater Bernhardus de Lippa und Theodoricus abbas de Dunamunde erschienen». Daß diese Begründung nicht zutrifft, wurde S. 84 Anm. 188 gezeigt. Aber wäre die Urkunde auch einige Zeit, etwa mehre Wochen nach der Ankunft ausgestellt, so beweist sie doch nicht die Richtigkeit der Winkelmann'schen Auffassung. Napiersky (Mon. Liv. ant. IV. 139) hält mit der Deutung «gleich bei seiner Ankunft» noch den Juli als Ausstellungszeit vereinbar. Vgl. die längere Note in Nr. 2 der 3. Beilage.

langt. Zwar waren im vergangenen Winter nicht unerhebliche Vortheile errungen: die esinischen Strandbewohner waren vor dem christlichen Heere geflohen, die Burg Fellin, der wichtigste Punkt im Lande Saicala, war gerade jetzt gefallen. Aber um somehr war die Rache des gesammten Estenvolkes zu fürchten: von allen Seiten brachen sie in die christlichen Gebiete ein, und waren auch die Christen bisher auf den meisten Punkten Sieger geblieben [219], — neue und gewaltigere Kämpfe standen bevor.

Gleich nach der Ankunft des Pilgerheeres hatten die Letten einen Zug gegen die Esten unternommen, mußten aber vor der Ueberlegenheit des weithin Alles verwüstenden Feindes den Rückzug antreten. Von Riga aus eilte Hülfe herbei und jetzt mußten sich die Esten zurückziehen. Indessen waren andere estnische Völkerschaften in Livland eingebrochen: gegen die Burg des bekehrten Livenhäuptlings Kaupo, in welcher viele Bekehrte Schutz gefunden, richtete sich ihr Angriff. Auf ihren Schiffen zogen einige die Aa hinab, Andere wählten den Landweg; an Einem Tage trafen sie vor der Burg zusammen. Ein Ausfall der Belagerten brachte zwar manchem Esten Verderben, aber dafür war das umliegende Land um so mehr ihren Verwüstungen ausgesetzt. Und fallen sollte die Veste; dann wollten sie gen Riga ziehen. Da hörte man zu Riga von der Noth der Belagerten; man entsandte ein Heer, unter dessen Führern der Name eines Westfalen glänzt: Helmold's von Plesse; ein großer Sieg ward über einen Theil der Esten errungen; in wilder Flucht suchten die Geschlagenen ihr Heil. Ein anderer Theil hatte sich auf einem benachbarten Berge verschanzt. Bald sahen auch sie sich zur Unterwerfung gezwungen. Sie versprachen den christlichen Glauben anzunehmen; aber in der Stille der

---

[219] Henric. Lett. XIV. 10, XV, 1.

Nacht suchten sie die Schiffe zu erreichen, auf ihnen zu entkommen ²²⁰).

Rechtzeitig genug war Bernhard mit einer Abtheilung von Pilgern an die Aa gekommen: der ritterliche Mönch hatte über Vesper und Matutin das Kriegshandwerk nicht verlernt. Meister in Angriff und Vertheidigung, ließ er eine Brücke über die Aa schlagen und auf derselben eine hölzerne Schanze errichten. Als nun die fliehenden Schiffe kamen, wurden sie von Pfeilen und Lanzen empfangen: die Weiterfahrt war den Flüchtenden unmöglich geworden ²²¹). So stiegen sie denn nächtlicher Weile ans Land, ihre Habe zurücklassend! Nur Wenige erreichten die Heimat, die Niederlage zu verkünden. Mit reicher Beute beladen kehrten die Christen nach Riga zurück; Bischöfe und Volk jubelten über den ruhmvollen Sieg: „die livische Kirche erkannte, daß Gott für sie stritte".

Um so glücklicher ließen sich die Zeiten an, als kurz vor- oder nachher ein langjähriger Streit zwischen den beiden Gewalten des Landes zum Austrage kam.

Der Gehülfe Bischof Alberts, der Abt Theodorich von Dünamünde, hatte im Jahre 1202 den Orden der Schwertbrüder gegründet, „aus Furcht, der Macht der Heiden nicht gewachsen zu sein, und um die Zahl der Gläubigen zu mehren" ²²²). Der Zweck ward erreicht; natürlich verlangten da die tapferen Brüder auch ihren Antheil an der Beute. Bischof Albert mußte sich bequemen, ihnen ein Drittel des er-

---

²²⁰) Henr. Lettus XV. 2.
²²¹) Alii peregrini cum Bernardo de Lippia, de Riga venientes ad Coiwam, pontem in flumine faciunt, structuras lignorum desuper aedificant, venientes piraticas sagittis et lanceis excipiunt: via fugiendi paganis undique praecluditur etc. Henr. Lettus XV. 3.
²²²) Vgl. Hildebrand. Die Chronik Heinrich's von Lettland. S. 58 Anm. 1.

oberten Landes abzutreten; aber einmal nahm er das Dünaland von der Theilung aus, dann wollte er sich nicht dazu
verstehen, ihnen ein Drittel aller ferneren Eroberungen ein-
zuräumen [223]. Darüber hatte sich der Streit erneuert. Jetzt
hatten die Schwertbrüder sich nach Rom gewandt und den
Papst für sich gewonnen. Bischof Albert mußte nachgeben.
Noch im Herbst 1211 wurde das Dünaland getheilt, unter
Mitwirkung der deutschen Bischöfe, in Gegenwart des Abtes
Bernhard von Dünamünde [224].

Dann reiste Bischof Albert nach Deutschland, seinen
Verwesern es überlassend, die im Jahre 1209 erworbenen
Gebiete Lettland's zu theilen. Unser Abt hilft den Bischöfen
von Paderborn, Verden, Ratzeburg, Eßland und dem Propste
von Riga eine unparteiische Theilung vermitteln [225].

Nicht in den kriegerischen Ereignissen der nächsten Jahre
begegnen wir Bernhard's Namen. Zunächst finden wir ihn
im Rathe des aus Deutschland zurückgekehrten Bischofs.
Dieser hatte im Winter von 1212 auf 1213 die Burg des
Livenhäuptlings Drabel erobert, einige heidnische Anführer
mit sich nach Riga geführt und den abtrünnigen Liven, die
unter Drabel's Schutze sich gesammelt hatten, reumüthige
Rückkehr zum christlichen Glauben empfohlen [226]. Als die

---

[223] Vgl. Hildebrand a. a. O. 62—63.
[224] Lipp. Reg. Nr. 3260 ist nicht ganz richtig gefaßt; vgl. Hildebrand a. a. O. 80, Anm. 1. Auch kann die Urk. nicht mehr,
— wie in den Lipp. Reg. als möglich angenommen ist, — zu 1212
gehören, sie ist vor Herbst 1211 ausgestellt, denn damals kehrte
Bischof Albert, der noch an der Ausstellung Theil nimmt, nach
Deutschland zurück.
[225] Lipp. Reg. Nr. 3261. Vgl. Hildebrand S. 83 Anm. 1.
[226] Nach Hechelmann S. 139 hätte auch Bernhard an dem Zuge
Theil genommen. Doch fehlt der Beweis: vielleicht darf man sogar annehmen, daß der lettische Chronist, der mehrere Theilneh-
mer nennt, auch Bernhard genannt hätte, wenn dieser sich wirklich betheiligte.

Liven jetzt Gesandte nach Riga schicken, um sich und den Ihrigen Verzeihung zu erbitten, da beräth Albert sich mit „seinem Abte"[227] und Anderen und stellte danach seine Bedingungen[228]. Die treulosen Liven aber suchen Auswege; erst später folgt ihre Unterwerfung.

Neue Streitigkeiten zwischen Bischof und Orden mochten die Heiden ermuthigen, den glücklichen Fortgang der Bekehrung und Eroberung von Seiten der Christen behindern. Der Orden hatte auf der Insel Holm eine Kirche gebaut, der Bischof den Bau verhindert, den vorgestellten Leutpriester zurückgewiesen. Noch weniger wollte er den Schwertbrüdern den dritten Theil des Gebietes und der Hoheitsrechte seiner eigenen Bischofsstadt einräumen. Wieder wandten sich die Brüder nach Rom; und der Papst nahm sich ihrer an; den Bischof ermahnte er, dem Orden gerecht zu werden, auch die Leistungen, welche der Orden ihm schulde, mit größerer Schonung einzufordern. Gleichzeitig beauftragte er unseren Abt, dessen Prior und Custos, den Bischof seines Amtes zu entheben, ja ihn zu bannen, wenn

---

[227] Henric. Lett. XVI. 4.
[228] Die ungefähre Zeit dieser Verhandlung ergiebt sich aus Folgendem: die Abtrünnigen „coeperunt firmare omnia castra sua, ut collectis frugibus subito in castra recipiantur". Die Zeit der Aernte, also der Herbst, stand bevor. Als nun die Liven von Sattesale „iam dudum" in ihre Veste sich begaben, eröffnen sie den Krieg gegen die Schwertbrüder. Es folgen längere Verhandlungen von Seiten des Bischofs; erst da diese vergeblich bleiben, rückt Albert gegen die Veste. Die Liven kämpfen „defendentes se multis diebus"; dann ergeben sie sich. Der Bischof kehrt zurück und nun beginnt die Berathung, woran Bernhard Theil nimmt, XVI. 14. Danach gehört die Letztere in den Winter 1212, vielleicht schon in den Anfang 1213, das heißt nach der Rechnung Heinrich's des Letten in das Ende seines Marienjahres 1212.

er dem Befehle nicht folge [229]). Aber er stieß auf Widerstand. Wie Bernhard einst seinen Herzog gegen den Kaiser unterstützt hatte, getraute er sich jetzt, auf Seiten seines Bischofs — dem Papste zu trotzen. Wohl mußte er erkennen, daß der Schwertorden auf Grund der einmal geschlossenen Verträge nichts Unbilliges fordere, aber diese Verträge waren die Folge einer einseitigen Begünstigung, die der Orden von Rom erfahren. Zuviel mochte es ihm scheinen, daß der Orden jetzt neben dem Bischof in dessen eigener Stadt herrschen sollte. Die Brüder waren ohnedin reich und mächtig genug; weiterer Zuwachs an Besitz und Rechten konnten gar leicht zu völliger Losreißung von der Gewalt des Bischofs führen. Kaum zwei Jahrzehnte hat es gedauert, da klagte man über diese Männer, die kein Gesetz, keinen König anerkennen möchten [230]). Noch mehr: hatte denn der eifrige Papst gar nicht daran gedacht, welchen günstigen Eindruck es auf die Neubekehrten machen, wie sehr es das

---

[229]) Hilbebrand S. 92 stellt die Vorgänge so dar, als hätte der Papst den Convent jetzt nur beau'tragt, »das Interesse der Brüder wahrzunehmen«, und ihm erst später befohlen, mit Entsetzung und Bann gegen den Bischof einzuschreiten. Doch man höre den späteren Brief, aus dem allein uns die beiden Befehle des Papstes bekannt sind. Vobisque nihilominus dedimus in mandatis, ut si memorati episcopus et praepositus mandatum apostolicum negligerent adimplere, vos eos a praedictorum fratrum super iis molestatione indebita per censuram ecclesiasticam, appellatione remota, compescere curaretis. Und weiter: per iterata vobis scripta districte praecipiendo mandamus, quatenus in praedicto negotio secundum tenorem praecedentium literarum, omni occasione et appellatione cessantibus, procedatis: memoratum episcopum ad praedictae compositionis observantiam per suspensionem pontificalis officii et etiam, si opus fuerit, excommunicationis sententiam compellentes. Danach kann wohl kein Zweifel sein, daß der Papst beide Male dasselbe befahl.

[230]) Alberic. ap. Leibnitz Acces. hist. II. 542.

Missionswerk unter den Heiden befördern müsse, wenn jetzt der Bischof entsetzt und gebannt, wenn der Zwiespalt unter den Christen Allen offenkundig war? Gewiß: Bernhard that wohl daran, dem Papste nicht zu gehorchen. Nur war die Entschuldigung, daß er gegen den ungehorsamen Bischof nicht vorgegangen sei, weil der Prior oder Custos abwesend ²³¹), nicht gerade glücklich; zumal der Papst erklärt hatte, daß auch Zwei genügten, seine Befehle auszuführen.

---

²³¹) Der Papst sagt nur absentia unius vestrum occasione delationis assumpta; es scheint danach zweifelhaft zu sein, wer von den Dreien abwesend war. Doch wird man behaupten können, daß der Abt nicht verreist war. Denn a. würde der Papst, wie es doch nach dessen Worten offenbar geschehen ist, nicht im Zweifel geblieben sein, wer der Abwesende sei, wenn es der Abt war. Denn um wie viel gewichtiger war nicht die Entschuldigung, daß Prior und Custos nicht ohne ihren Abt vorgehen mochten? b. Betrachtet Innocenz selbst den Abt als anwesend: als die Schwertbrüder sich zum zweiten Male an ihn gewandt, schreibt er ganz besonders an den Abt: Tu denique fili abbas super te ipso etc. Also hatte sich die Klage der Schwertbrüder vorzüglich gegen den Abt gerichtet: er war nicht verreist gewesen. c. Ist zu beachten, daß die Mönche über den Bischof nur etwas vermochten, wenn er in Livland war; daß sie ihn vollend's nicht entsetzen und bannen konnten, wenn seine Abwesenheit ihnen jede Möglichkeit nahm, mit ihm zu unterhandeln. Nun ist Albert während der Zeit, die hier als möglich in Betracht kommen kann, nur von März 1212 bis März 1213 in Livland: Noch im Winter 121 $^{1}/_{2}$ finden wir Bernhard in Livland (vgl. S. 89 Anm. 225) und wieder im Winter 121 $^{2}/_{3}$ (vgl. S. 90 Anm. 228). Daß er inzwischen im Frühling 1213 nach Deutschland gereist und schon im Herbste zurückgekehrt sei, ist kaum anzunehmen. Wäre es auch geschehen, so war er jedenfalls im Winter 121 $^{2}/_{3}$ mit Bischof Albert in Livland; und da nun die Schwertbrüder erst im Frühjahr oder Sommer 1213 sich auf's Neue klagend nach Rom wandten, — denn am 10. u. 11. Oktober 1213 erläßt der Papst auf Klage des Ordens jene Briefe, — so hat der Convent sich mit der Abwesenheit seines Abtes nicht entschuldigen können.

Auf's Neue wandten sich die Schwertbrüder nach Rom. Wenn nicht schon früher, jetzt ward der Papst ganz für sie gewonnen; er glaubte ihnen sogar, daß Bischof Albert sich gegen die Neubekehrten Bedrückungen erlaube, "wie solche nicht einmal bei Heiden vorkommen sollten, geschweige denn bei Christen". Da war es denn natürlich kein Belobigungs=schreiben, welches der Papst nach Dünamünde sandte: er verweist auf sein früheres Schreiben, nennt ihre Entschul=digungen leer und leichtfertig und wiederholt seine Be=fehle [232]. Am folgenden Tage, den 11. Oktober 1213, erläßt er ein zweites Schreiben, befiehlt den Empfängern, den Bischof an den Bedrückungen, die er zum Schaden des Ordens den Neubekehrten zufüge, mit dem nöthigen Nach=drucke zu hindern [233].

Aber auch dieses Schreiben blieb unbefolgt; wie ein ähnliches, welches der Papst an den Abt von Gothland und Andere richtete [234], mag es indeß den Bischof bestimmt ha=ben, alsbald nach Deutschland zurückzukehren. Wie die Dinge lagen, konnte seine Anwesenheit den Streit nur nähren; eine Stellvertretung schien seinen Interessen weit förderlicher zu sein. Dann aber eilte er nach Rom, wohl nicht so sehr "um rechtzeitig zum Concil einzutreffen; als vielmehr den Papst durch die Darlegung seiner Sache umzustimmen". Nicht umsonst: wenn nach der Rückkehr des Bischofs im Jahre 1216 ein neuer Vertrag zwischen ihm und dem Or=den zu Stande kam, wird wohl eine Verständigung mit dem Papste vorausgegangen sein [235].

Einige Jahre hindurch verlautete Nichts von Bernhard:

---

[232]) Ep. Innoc. III. ed. Baluze II. 806. Danach Bunge Liv.= Esth.= und Curl. U.=B. I. 34 et al.
[233]) Ep. Innoc. III. l. c. II. 807. Danach Bunge I. 35 et al.
[234]) Ep. Innoc. III. l. c. II. 807. Danach Bunge I. 38 et al.
[235]) Vgl. Hildebrand a. a. O. 98—100.

in der Pflege seines Klosters, in der Predigt des Glaubens, in welcher er sich ausgezeichnet haben soll, mag er die Zeit verbracht haben [236]). Dann ist er nach Deutschland zurückgekehrt [237]), wohl um neue Schaaren zu sammeln, vielleicht

---

[236]) Cf. Justin. v. 786—791. — ita ut in vinea dei egregie praedicando fideliter laboraret. Annal. Stadens. l. c.
[237]) Wann? läßt sich nicht sagen, wir haben nur die Nachricht, daß er 1217 wieder in Livland anlangt. — In dieser Zeit oder im Jahre 1218 hat er in Heisterbach sich aufgehalten: Caes. Heisterb. Dial. mirac. IX. 37 erzählt: Retulit nobis dominus Bernardus de Lippia abbas Livoniae, nunc episcopus ibidem, rem satis gloriosam etc. Wie der Zusatz „abbas Livoniae, nunc episcopus" zeigt, hat Bernhard die übrigens ganz bedeutungslose Wundergeschichte erzählt, als er noch Abt, noch nicht Bischof war. Nur wird sich nicht entscheiden lassen, ob jetzt oder im Jahre 1218, wo er auf der Durchreise nach und von Rom Heisterbach besucht haben kann. — Eine zweite Geschichte (X. 35) beginnt Cäsarius: Referre solet dominus Bernardus de Lippia, quandoque abbas, nunc episcopus in Livonia, quoddam miraculum. Die Hinzufügung quandoque macht es hier zweifelhaft, ob Bernhard die Geschichte als Abt oder als Bischof erzählt hat. Doch möchte ich mich hier für Letzteres entscheiden, denn die Geschichte spielt in Friesland, im Bisthum Utrecht, und zeigt ferner, daß Bernhard sich dort aufgehalten, dortige Personen kennt: nachweisen kann man Bernhard aber in der Utrechter Diöcese erst zur Zeit seiner Bischofsweihe. Danach hätte man eine zweimalige Anwesenheit Bernhard's in Heisterbach anzunehmen, — eine Annahme, welcher das referre solet am Wenigsten widerspricht. — Eine weitere Geschichte bei Caesarius, in der ein episcopus Livoniae, doch ohne Nennung des Namens erscheint (IX. 4) ist für uns ganz werthlos, denn es wird sich nicht beweisen lassen, ob sie sich auf Bernhard oder den VIII. 13 u. VIII. 80 genannten Theoderich bezieht: Beide waren wie Caesarius Cisterzienser, Beide heißen bei ihm schlechtweg episcopus Livoniae. Bezöge diese Geschichte sich auf Bernhard, so hätten wir die interessante Thatsache, daß er mit dem Dechant Lambert von den Aposteln zu Köln an den Kaiserhof gegangen wäre u. s. w. — Ueber noch andere, in anderen Werken des Caesarius enthaltene, eines livischen Bischofs er-

auch um eine Weile auszuruhen, doch nicht um sich dem schwierigen Berufe der Bekämpfung und Bekehrung heidnischer Völker zu entziehen: Im Sommer 1217 tritt er wieder in Livland auf; er kam mit dem tapferen Grafen von Holstein, „den der Herr in seinen Köcher aufgenommen hatte", wie der lettische Chronist meint, „um ihn bei gelegener Zeit zur Bekehrung der livischen Völker zu entsenden" [238]). Gerade jetzt bedurfte sie seiner: Esten und Russen hatten sich zu gemeinschaftlichem Kriege gegen die Christen verbunden: die Errungenschaften so vieler Jahre und Mühen schienen verloren, wenn die Heere sich vereinigten. Um diese Gefahr zu verhüten, eilte Graf Albert den Esten entgegen; mit ihm der Meister der Schwertbrüder, Abt Bernhard und der Propst von Riga [239]) Jenseits der Burg Fellin, wo man sich durch eine Messe auf den Kampf vorbereitet hatte, stieß das christliche Heer auf den Feind: 3000 standen gegen 6000; dennoch siegten die Christen; hochgefeiert ward der Tag des h. Mathaeus, der 21. September, an welchem der Sieg errungen wurde [240]).

---

wähnende Geschichten vgl. S. 101 Anm. 254. Endlich ist hier noch zu erwähnen die Nachricht bei Heister Suffrag. Colon. ed. Binterim 32, wonach Bernhard um 1217 die Kirche des h. Christoph zu Köln geweiht haben soll. Nam anno 1646 in extensione novae ejus ecclesiae ex majori ara erutum est cum sacrarum reliquiarum capsa sigillum ovalis ferme figurae cum hac epigrapha: Bernardus dei gratia Lealensis episcopus. Aber Bernhard war weder vor 1218 Bischof, noch jemals Bischof von Leal.

[238]) Henric. Lett. XXI. 1.
[239]) Henric Lett. XXI. 2.
[240]) Die Freude des Tages wurde nur geschmälert durch den Tod des bekehrten Livenhäuptlings Kaupo, qui proelia domini simul et expeditiones nunquam neglexit. Da luctum habuerunt super eum tam comes Albertus, quam abbas et omnes, qui erant cum eis. Henric. Lett. XXI. 4.

Auch die weiteren Unternehmungen des Grafen blieben nicht ohne Erfolg, aber noch war kein Besitz ganz gesichert, neue Kämpfe schienen unvermeidlich. Daher wandte sich Bischof Albert an den Lehnsherrn des Grafen, an den König Waldemar von Dänemark: mit dem Grafen, dem Bischofe Theodorich und unserem Bernhard traf er beim Könige ein [241]; wie Waldemar „den großen Krieg der Russen und Esten gegen die Liven erkannte", sagte er seine Hülfe zu: im folgenden Jahre wollte er mit seiner Flotte in Estland landen, „zur Ehre der heiligen Jungfrau und zur Vergebung seiner Sünden"; aber mehr noch, wie wir hören werden, um seine Herrschaft über die Ostseeländer auszubreiten, die deutsche Herrschaft zu beschränken, vielleicht zu verdrängen. Es war ein verhängnißvoller, folgenschwerer Schritt, wozu der Bischof und seine Begleiter sich entschlossen hatten.

Wie Bischof Albert ging auch Bernhard nicht sofort nach Livland zurück: zwei wichtige Pläne führten ihn nach Rom [242].

---

[241] Henric. Lett. XXII. 1. — Nach Hildebrand a. a. O. 107 hätten sie «im Sommer 1218 auf der Reichsversammlung in Schleswig», die nach den annal. Ryens. Mon. Germ. XVI. 108 am 24. Juni stattfand, dem Könige ihre Bitte vorgetragen. Doch hat Hildebrand versäumt, diese Angabe zu belegen, und da ich den Beleg nicht finden kann, da auch Usinger Deutsch-Dänische Gesch. 442 nur vermuthen, nicht beweisen kann, daß damals der Graf von Holstein, Albert's Reisegefährte, am dänischen Hofe gewesen sei, so möchte ich die Beweisbarkeit der Hildebrand'schen Angabe bezweifeln.

[242] Ecclesiae terraeque volens prodesse, recedit,
 Sedis apostolicae limina sacra petens.
Summi pontificis pedibus prosternitur; orat,
 Ut super afflictos sit pius ipse pater.
Mox proprium terraeque statum sibi voce revelat
 Supplice; poscit opem consiliumque patris.
At pater instructus plene, quis, qualis et unde
 Ille sit quamque micans sit sua terra fide,

Albert hatte ihn zum Bischofe des schon im Jahre 1207 eroberten Seloniens ausersehen; es galt also, die Erlaubniß

Condolet ecclesiae patria pietate novellae,
Laudat perfectum religione virum.
Convocat inde viros, quos curia collaterales
Semper habet, qui rem cum ratione regunt.
Consulit hos, rem pandit eis, scrutatur honestas,
Quid magis expediat, ingeniosa patrum.
Decretum statuunt; placet: ecclesiae generalis
Sentiat ecclesia particularis opem.
Signandi per Teutoniam cruce quosque fideles
Mandatum summi suscipit ille patris,
Ut qui poeniteat confessus crimina pure,
A poena liber sit, mediante cruce,
Qui res et corpus expendere curet in hostes
Ecclesiae, sacram consolidando fidem.
Praeterea dat papa viro fas accipiendi
Inter neophytos pontificale decus
Haec et apostolicis firmantur singula scriptis,
Ad patriam laetus vir sacer ille redit. — Justin.
v. 793—818. Die Richtigkeit dieser Angaben zu bezweifeln, sehe ich nicht den geringsten Grund Wenn Hechelmann S. 140 sich darauf beruft, Heinrich der Lette würde von Bernhard's Reise erzählt haben, so kann ich nur erwidern, daß Heinrich gar Manches verschweigt: wann Bernhard Livland verläßt, wann er wieder eintrifft, hat Heinrich keinesweges immer vermerkt; er schweigt über die merkwürdige Art seiner Weihe und — um auf einen, dem Berichte Justin's analogen Fall zu verweisen, — für die Angabe Caesar's von Heisterbach, daß Bischof Theodorich von Estland durch Innocenz III. ermächtigt worden sei, secum ducere omnes, qui ire vellent, ad propagandam vineam domini Sabaoth populo barbaro, findet sich in Heinrich's Werk kein Beleg. So scheint mir das Schweigen Heinrichs Nichts zu beweisen; ich muß vielmehr die Angabe Justin's auf bestimmte Kenntniß zurückführen. Dann ergiebt sich ihre chronologische Einreihung aus ihrem eigenen Inhalt. Bernhard bittet um die Erlaubniß, die bischöfliche Weihe sich ertheilen zu lassen: Bam dänischen Hofe sich zum Papste begebend, konnte er frühzeitig genug zurückgekehrt sein, um noch in demselben Jahre geweiht zu werden.

des Papstes zum Empfange der bischöflichen Weihe zu erwirken. Ueberdies wünschte Bernhard eine Kreuzbulle, die ihn ermächtigte, Jedweden mit sich nach Livland zu führen, und den Mitziehenden vollkommenen Ablaß gewährte. Beiden Bitten willfahrte Honorius III., der Nachfolger Innocenz' III.: mit den nöthigen Urkunden ausgestattet, kehrte Bernhard zurück [243]). Da ereignete sich, was so großes Staunen der Zeitgenossen erregte: zu Oldenzaal weihte ein Sohn Bernhard's, der Bischof Otto von Utrecht, den Vater zum Bischof [244]). Als Bischof von Selonien finden wir

---

[243]) Hilbebrand S. 107 Anm 1. bemerkt, daß es unrichtig sei, wenn Honric. Lott. XXII. 1, von Bernhard behaupte, eodem anno (sc. 1218) consecratus est in episcopum in Semigallia. Denn es sei nirgends ersichtlich, daß man schon 1218 an eine Eroberung Semgallens gedacht habe. Die Bitte der Bewohner im Jahre 1219 habe den ersten Anlaß gegeben. Danach heiße Bernhard in verschiedenen Urkunden (die sich übrigens durch Lipp. Reg. Nr. 3262. 156. 157. 105. 169 vermehren lassen,) nur Selonensis opiscopus; doch scheint Hilbebrand nur zu bestreiten, daß Bernhard «sogleich» zum Bischofe von Semgallen ernannt sei; ich glaube dagegen, daß er nie zum Bischofe von Semgallen ernannt wurde. Allerdings wurde 1219 ein Stück Semgallens zu seinem Bisthum geschlagen: aber auch jetzt heißt er noch immer episcopus Seloniae, namentlich noch im Jahre 1221 und 1223 (vgl. Lipp Reg. 165. 169). Ja, noch Bernhard's Nachfolger wird nur erwählt zum Bischofe von Selonien et cuiusdam partis Semigalliae: gegen Aufgabe Seloniens erhält er dann ganz Semgallen. Bunge Liv.-Esth.-Cur.-U.-B. I. 96.

[244]) — in Livoniam profecturus Selonensibus populis episcopus consecratur, ita ut in vinea dei egregie praedicando fideliter laboraret. Mira res: Otto Trajectensis episcopus Bernardum patrem suum in episcopum consecravit Aldensele. Annal. Stadens. Mon. Germ. XVI. 360 — cuidam provinciae Livonensi episcopus electus a filio suo episcopo de Utrecht consecratus est. chron. mont. sereni l. c. cf. chron. anon. Laudun. l. c. — Justin. v. 818. seqq. läßt ihn irrig die Weihe in Livland empfangen:

Bernhard am 1. Januar 1219 mit seinem Sohne zu Vollenhoven²⁴⁵), einem Orte in Oberyssel. Das Kreuz predigend, wird der neugeweihte Bischof Friesland durchzogen haben. Dann wendet er sich ostwärts: Im Herbste des Jahres begegnet er zu Stade: mit ihm seine Söhne, Hermann, der Bischof von Utrecht und der bisherige Propst von Paderborn; der Letztere ist so eben zum Erzbischofe von Bremen erwählt; gerade jetzt schließt er mit dem Pfalzgrafen bei Rhein einen Vertrag über Stadt und Grafschaft Stade: sein Vater und seine Brüder verbürgen sich für die Erfüllung des Vertrages²⁴⁶). Bald darauf empfängt Gerhard zu Bremen die Weihe: Vater und Bruder vollziehen dieselbe²⁴⁷).

    Cum plausu pater excipitur, plebs convolat, audit
        Summi pontificis scripta notatque libens.
    Scripta placent, gens tota virum commendat et ipsum
        Dignum pontificis nomine quisque probat
    Pontifices mox a clero populoque vocati
        Conveniunt sacras huic adhibendo manus.
    Mira satis res, unus ab his est filius eius
        Carnalis: proles consecrat ergo patrem. — v. 823—830.

²⁴⁵) Lipp. Reg. Nr. 3262.
²⁴⁶) Lipp. Reg. Nr. 150. Die dortige Berechnung, daß die Urk. zwischen den 1. und 24. September ausgestellt sei, gilt nur für den wohl nicht erweisbaren Fall, daß man zu Bremen die Indiktion am 24. September wechselte und den Wechsel stets genau beachtete. — Mit Unrecht ordnet Winkelmann in seinen Regesten die Urkunde nach der Weihe Gerhard's ein, dieser heißt in derselben noch Erwählter.
²⁴⁷) Annal. Stadens. l. c. Chron. mont. ser. l. c. Die Weihe wird bald nach Ausstellung der obigen Urk. erfolgt sein: wir finden ihn da bei seinen Consecratoren. — Falsch ist es, wenn es im chron. anon. Laudun. l. c. heißt: alter vero filius eius electus est in Monasteriensem episcopum, qui ab eodem patre suo est benedictione episcopali consecratus. Die Verwechselung liegt auf der Hand.

Noch in demselben Jahre wird Bernhard nach Livland
zurückgekehrt sein²⁴⁸).

Eine päpstliche Bulle vom 25. Oktober 1219 hatte auf
seine Bitten das selonische Bisthum bestätigt²⁴⁹) „innerhalb
der Grenzen, die Bischof Albert bestimmt hatte". Selburg
ward ihm zum Sitze angewiesen. Als er jetzt das Bisthum
antrat, war es vielleicht schon um ein weiteres Gebiet ver-
größert. Denn als die Semgaller von Mesothen sich dem
Christenthum unterworfen, hatte Bischof Albert ihr Gebiet
dem neuen Bisthum von Selonien zugewiesen²⁵⁰). Zwar
empörten sich die Semgaller schon in nächster Zeit, wurden

---

²⁴⁸) Freilich etwas spät; da der von ihm geweihte Erzbischof von Bremen erst am 1. September 1219 gewählt wurde, so könnte Bernhard wohl nicht vor Oktober abgereist sein. Weil er aber schon
im Jahre 1220 wieder in Deutschland ist und der Aufenthalt in
Livland doch gemeinhin nicht weniger als ein Jahr betrug, so
möchte ich lieber annehmen, daß Bernhard noch im Jahre 1219
zurückgekehrt sei.

²⁴⁹) Bunge Liv.-Esth.- und Curl U.-B. I. 49.

²⁵⁰) Wir erfahren dies aus der gelegentlichen Bemerkung Heinrich's
des Letten XXIII. 4.: Segehardus sacerdos Cisterciensis ordinis missus ad castrum ipsum (sc. Mesiothe) a Dunemunde
in obsequium episcopi Bernardi, ad cuius episcopatum
praeoccupatus erat locus idem. Nach Letzterem behaupten Hildebrand S. 107 Anm. 3 und Frühere, daß Mesothen zu Bernhard's bischöflichem Sitze ausersehen sei. Da ich
aber für die Bedeutung von episcopatus=bischöflicher Sitz keinen
Beleg finde, so kann ich nur übersetzen: «Der Ort wurde für
Bernhard's Bisthum bestimmt». Da steht natürlich der Ort,
als Mittelpunkt des Landes, für das Land selbst: es sollte als
Ergänzung zu Bernhard's Bisthum hinzukommen. — Ob Bernhard bei der damaligen Unternehmung schon im Lande war, kann
ich nicht sagen. Das obige „in obsequium episcopi Bernardi"
scheint mir nicht gerade die Voraussetzung einer persönlichen Anwesenheit zu erfordern.

aber zu Anfang des folgenden Jahres wieder unterworfen ²⁵¹).
Bernhard mochte jetzt für die Befestigung des Christenthums
und, wie sein Bisthum in den semgaller Landen noch
keine bestimmten Grenzen hatte²⁵²), auch für dessen Erweiterung sorgen. Justin schildert ihn, wie er mit seinen Kreuz-
fahrern ausrückt, sie zur Tapferkeit mahnt, wie er selbst un-
gepanzert und ungewaffnet ihnen voranzieht, wie der Erfolg
bald auf Seiten der Christen, bald der Heiden ist, wie er
sich dann den Christen zuwendet, wie Bernhard nun die
heidnischen Gebiete verwüstet, seine eigenen durch Städte und
Vesten schützt, wie er Kirchen baut, Geistliche bestellt, überhaupt alle Pflichten eines guten Oberhirten erfüllt²⁵³). Gewiß wird Bernhard nicht gefeiert und Manches erreicht haben. Auch möchte ihm Größeres gelungen sein, hätten nur
nicht die allgemeinen Verhältnisse Livlands gerade jetzt eine
so trostlose Wendung genommen!

Einen Freund glaubte Bischof Albert ins Land geholt
zu haben, seinen ärgsten Feind hatte er im Dänen gefunden.
Der Deutschland schon um ein weites Gebiet betrogen, der
alle Reichslande jenseits der Elbe und Elde, der das Herzogthum Holstein, die Städte Hamburg und Bremen, der
die slavischen Lande Heinrich's des Löwen besaß; der Deutschland somit vom Meere abgeschnitten hatte, wollte nicht dul-
den, daß Deutsche sich an den äußersten Gestaden der Ostsee
festsetzten, dort gleichsam das Verlorene wieder gewännen.
„So verhaßt", sagte man²⁵⁴), „sei ihm die deutsche Herr-

---
²⁵¹) Henric. Lett. XXIII. 9.
²⁵²) In der schon S. 112 Anm. 2 angezogenen Urk. heißt es „—
eiusdem partis Semigalliae, quae commode habere non po-
terat certos fines, eo quod ipsius Semigalliae nondum ad
baptismi gratiam pervenisset etc.
²⁵³) Justin. v. 834 seqq.
²⁵⁴) Anno praeterito retulit nobis episcopus Livoniae de rege
Daciae, qui hodie in vinculis detinetur etc. Caesar.

schaft in Livland, daß er das Land lieber den Heiden als den Deutschen überlassen wolle". Gewiß hatte Bischof Albert ihm Versprechungen gemacht, um ihn zum Zuge gegen die Esten zu bestimmen; aber ebenso gewiß griff Waldemar weit über das Maaß des Versprochenen hinaus [255]). Schon war es dahin gekommen, daß der Bischof, um den Schutz des Papstes anzurufen, das Land verlassen mußte, Bernhard als seinen Stellvertreter zurücklassend. Jetzt kam sogar die Kunde nach Riga, daß die Schwertbrüder, ihrer nationalen Pflichten vergessend, von König Waldemar gewonnen seien: zwei Provinzen Estlands, die längst vor der Ankunft des Königs erobert und daher sicher nicht in Albert's Versprechungen inbegriffen waren, hatten sie vom Könige zu Lehen genommen. Trauernd hörten es Bischof Bernhard und die Rigischen; doch nicht blos zu trauern, auch zu handeln wird Bernhard verstanden haben: wie Heinrich der Lette erzählt, kamen Bernhard und die Rigischen mit den Brüdern zusammen; auf Grund früherer Vereinbarungen wurde ein neuer Vertrag geschlossen: das schon eroberte Estland sollte gleichmäßig unter Bischof Albert, dem Orden und dem Bischofe von Estland getheilt werden [256]).

Leider ist der Orden dem Vertrage nicht treu geblieben: immer trostloser gestaltete sich die Lage des Bischofs und

---

Heisterb. Homiliae ed. Coppenstein II. 110. — Als der Bischof die Geschichte erzählte, war der König offenbar noch nicht gefangen. Da nun die Gefangennahme am 6. März 1213 erfolgte, so war der Bischof gemäß dem anno praeterito und hodie im Jahre 1222 in Heisterbach. Damals war Bernhard in Deutschland: immerhin könnte er dem Caesarius die Geschichte erzählt haben.
255) Vgl. Hildebrand S. 111 ff.
256) Et pervenit in Rigam verbum hoc et graviter accepit hoc Bernardus episcopus cum ceteris Rigensibus et convenerunt cum fratribus Militiae etc. Henr. Lett. XXIV. 2.

der Deutschgesinnten. Schutzlos war Albert aus Rom zurückgekehrt; vergebens hatte er sich an Kaiser Friedrich gewandt; vom Orden verrathen, wo hätte er Rettung gefunden? So sah er sich genöthigt, Liv- und Estland dem Könige abzutreten, das Erstere von ihm als Lehen zu nehmen. Dann hat zwar ein energischer Widerstand auf die Anmaßungen der Dänen geantwortet; — ein dänischer Vogt wurde aus Riga vertrieben; eine Verbindung gegen die Dänen und den Orden geschlossen; — aber die Sache der Deutschen war dadurch nicht besser gestellt. Nun war noch dazu ein äußerer Feind, Russen und Littauer, den inneren Zwiespalt benutzend, in das fast wehrlose Land eingebrochen [257]).

Unter solchen Umständen mochte ein Mann in Bernhard's Alter für eigene Thätigkeit keinen Raum mehr finden: das Missionswerk mußte ruhen; diese politischen Verwickelungen zu entwirren, schien es jüngerer Kräfte zu bedürfen. So kehrte Bernhard denn zurück, günstigere Zeiten erwartend, das Kreuz zu predigen, für die livische Kirche neue Schaaren zu sammeln. Schon im Jahre 1220 ist er wieder in Deutschland: zu Hervord werden vor ihm und seiner Tochter Gertrud, der Äbtissin von Hervord, marienfelder Angelegenheiten verhandelt. Bernhard bekundet die Verhandlung als „erster Bischof Seloniens". Um dieselbe Zeit verbrieft er gemeinschaftlich mit seiner Tochter eine dem Kloster gemachte Schenkung [258]). Wie dann die Bischöfe noch heidnischer Länder vielfach die Stelle der heimischen Bischöfe vertraten, so auch Bernhard. Im Jahre 1221 weihte er zu Ehren des heiligen Pankratius die Kapelle und den größeren Altar auf der Schauenburg [259]). Auch kam er,

---

[257]) Vgl. über Alles Hildebrand S. 116 ff.
[258]) Lipp. Reg. Nr. 156 und 157.
[259]) Chron. Mindense ap. Meibom Scr. I. 564. Danach, doch mit der falschen Angabe, daß die Weihe im Jahre 1125 unter

von Verwandten und Bürgern berufen, in seine eigene Stadt, um die eben vollendete Marienkirche zu weihen²⁶⁰). Gewiß eine erhebende Feier, als der Gründer Lippstadt's, nun ein hochbetagter Greis, die heilige Handlung vollzog!

Den Zeitpunkt dieser Weihe bezeichnet wohl eine Urkunde von 1221, in welcher Bernhard dem Kloster Marienfeld seine sämmtlichen Schenkungen bestätigt und die Mönche verpflichtet, für seinen Freund Widukind, einen Vicedom Konrad, für ihn selbst, seine Gattin und deren Söhne eine jährliche Gedächtnißfeier zu begehen. Ein Zehnt, den das Kloster eben mit Bernhard's Geldern in Lippstadt erworben hat, ist die nächste Veranlassung der Urkunde; Bernhard's Söhne Gerhard, Bernhard, Dietrich und Hermann, etwa jene Verwandten, die ihn zur Weihe eingeladen, bekräftigen die Urkunde durch ihr Siegel²⁶¹).

Bald darauf ward auch die Klosterkirche zu Marienfeld vollendet. Natürlich durfte Bernhard bei ihrer Weihe nicht fehlen. Am 22. Juli 1222 wurde die Kirche selbst durch Bischof Theoderich von Münster geweiht; in die Weihe der drei Hauptaltäre theilten sich die Bischöfe von Münster, Minden und Osnabrück; die übrigen weihte Bernhard, „ein alter Herr, voll des apostolischen Geistes"²⁶²).

Noch einmal finden wir Bernhard in Deutschland: zu Anfang 1223 bestätigt er vor dem Bischofe von Paderborn

---

Bischof Siegward vor Minden vollzogen sei, Hermann de Lerbcke ap. Meibom 1 c. 499.
²⁶⁰) Interea subit oppidulum Lipense, rogatus
  A consanguineis indigenisque loci.
Consecrat ecclesiam sub honore deigenitricis,
  Quae stat vicino continuata foro. — Justin. v. 878—881.
²⁶¹) Lipp. Reg. Nr. 165.
²⁶²) Auszug aus dem chron. Marienfeld. bei Wilmans Westf. U.-B. III*. 96. Vgl. die Zusätze Corfei's zur Chronik des Florenz von Wevlinghoven in den Münst. Geschichtsquell. III. 301.

seinem geliebten Marienfeld ein Haus, das er ihm schon
früher zum Gedächtnisse seines Vaters und seiner Verwandten geschenkt hatte²⁶³). Dann kehrte er nach Livland zurück;
Bischof Albert war nach Deutschland gekommen; dem Bischofe
von Estland hatte der dänische König seit Langem die Ueberfahrt gesperrt; somit war Bernhard's Anwesenheit in Livland
dringendes Bedürfniß geworden²⁶⁴).

Dort hatten wenigstens die inneren Verhältnisse eine
etwas erfreulichere Wendung genommen: die gemeinsame,
glücklich überwundene Gefahr, die von Seiten der Littauer
und Russen gedroht, hatte den Schwertorden von seiner un-
nationalen Politik ab- und den Deutschen wieder zugeführt.

---

²⁶³) Lipp. Reg. Nr. 168.
²⁶⁴) Ich bemerke hier, daß Justinus seinen Helden, nachdem derselbe
die Bischofsweihe erhalten, zweimal nach Deutschland reisen läßt.
cf. v. 835 seqq. 877 seqq. Da Bernhard aber 1218 geweiht
wurde, 1219 nach Livland zurückkehrte, 1220—23 in Deutschland sich nachweisen läßt, zu Anfang 1223 zurückkehrt und dann
stirbt, so ist für eine zweite Reise nach Deutschland kein Raum.
Dagegen überging Justin die erste Reise, die Bernhard noch als
Abt nach Deutschland machte: vielleicht verwandelte sein Gedächtniß oder falsche Kunde diese Reise in eine zweite von dem Bischofe Bernhard unternommene Reise. — Im Anschluß an die
erste Rückreise des Bischofs Bernhard schildert Justin ausführ-
lich, wie sein Held das Kreuz predigend, Geld und Schaaren
sammelnd, die Lande durchzieht. Dann kehrt er zurück, bekämpft
die Heiden:
Inter ferratas acies it primus inermi
Corpore, cui ferrum vulnera nulla facit.
Nach wechselndem Erfolge siegen die Christen. Dann:
Oppida, castra struit quasi propugnacula contra
Idolatras; armis, milite munit ea.
Construit ecclesias, quas consecrat; ordinat illic
Clerum peragat munia sacra deo qui etc. etc.
Was Wahres, was Phantasie daran ist, muß dahingestellt bleiben.
— Auf die zweite Rückreise des Bischofs läßt Justin sofort dessen
Tod folgen.

Freilich behielt er den Gewinn, welchen er aus seiner Verbindung mit den Dänen gezogen, jene Provinzen Estland's, für jetzt noch in seiner Gewalt; aber offenbar war doch die Verbindung gegen die Dänen gerichtet: auf das gemeinsame Fordern des Bischofs und des Ordens mußte König Waldemar auf Livland verzichten, es in voller Freiheit dem Bischofe zuerkennen²⁶⁵).

Als so die christlichen Machthaber geeinigt waren, hatte sich eine neue Gefahr von Außen erhoben. Eine Zwingburg der Dänen war von den Oeselanern erobert worden; diese ließen den Sieg aller Orten verkünden und „ermuthigten Heiden und Esten, das dänische Joch zu brechen und den aufgezwungenen Glauben abzuschütteln"²⁶⁶). Bald stand die ganze Küste gegen die Dänen in Waffen. Da konnten auch die Saccalaner, Leute des Ordens, „ihre bösen Herzensgedanken nicht länger verhehlen"²⁶⁷): sie empörten sich gegen ihre Herren. Auf allen Punkten siegte der Aufruhr: den Dänen blieb nur das einzige Reval; Fellin, Odenpä und Dorpat, Besitzungen des Ordens, fielen in die Gewalt der Empörer. So gedrängt, wandten sich die Brüder an die Bischöflichen, die nun ihre Forderungen stellen konnten: nach dem früheren Grundsatze der Dreitheilung mußte sich der Orden mit seinem Drittel von Estland begnügen²⁶⁸). Gemeinsame Unternehmungen folgten diesem Vertrage; nicht ohne Glück wurde gestritten.

Das war die Lage der Dinge, als Bernhard mit vielen Pilgern eintraf. Unzweifelhaft war er von Allen heiß ersehnt; denn schon rüsteten estnische Völkerschaften zu einem neuen Angriffe. Mit großer Heeresmacht zogen sie heran,

---

²⁶⁵) Vgl. Hildebrand S. 121 ff.
²⁶⁶) Henr. Lett. XXVI. 4.
²⁶⁷) Henr. Lett. XXVI. .
²⁶⁸) Henr. Lett. XXVI. 13.

Alles zerstörend oder verwüstend. Wohl nicht lange nach Bernhard's Rückkehr ist die Nachricht „von allen Unbillen, welche die Esten den Letten und Liven zugefügt", nach Riga gekommen [269]. Sofort rückte man dem Feinde entgegen; als man ihn nicht mehr fand, kehrten Einige zurück; die Muthigen setzten den Feinden nach und ereilten sie an der Ymer. Da traf ihr gutes Schwert die Esten auf's Haupt: nur Wenige konnten die Niederlage zu Hause verkünden.

Bernhard's Name wird in diesem Feldzuge nicht genannt; wenn aber auch der entkräftete Arm nicht mehr im Stande war, ein Schwert zu führen, — sein Geist arbeitete für die Sache der Christen. Er vor Allen drang jetzt auf die Ausbeutung des Sieges: er wollte, daß der Vertheidigungs- jetzt zum Angriffskriege werde. Durch Liv- und Lettland schickte er seine Boten; um die Diener der Kirche und die Schwertbrüder, die Liven und Letten zu den Waffen zu rufen [270]. Der Erfolg ist bekannt: am Tage der

---

[269] — redeunte episcopo Bernhardo — cum peregrinis multis de Teutonia, collegerunt Saccalauenses et Ungaunenses cum adiacentibus provinciis magnum exercitum etc. Henr. Lett. XXVII. 1. — Da der Chronist die Rückkehr Bernhard's im unmittelbaren Anschluß an den Beginn des 25. Jahres Bischof Albert's erzählt, so ist Bernhard, wie ja überhaupt üblich war, im März oder April 1223 in Livland eingetroffen. Demnach ist er nicht jener episcopus Livoniae, der um Pfingsten 1223, als er die Kirche zu Hasbayn weihen wollte, wegen eines eben geschehenen Wunders um Rath gefragt wurde, der dann das Wunder, eine blutende Hostie, zur leichteren Bekehrung der Heiden verwerthen wollte. Caesar. Heisterb. Lib. mirac. bei Kaufmann Caesarius von Heisterbach 167. Doch kann der betreffende Bischof auch nicht, wie der Herausgeber meint, Theoderich von Estland sein, denn dieser war längst todt: es bleibt nur die Wahl zwischen Bischof Albert und Hermann von Estland.

[270] Posteaquam iam Estones, a fide christiana recidivantes, ad Ymeram essent caesi, misit episcopus Bernhardus per universam Livoniam et Lettiam, convocans omnes, tam viros ec-

Himmelfahrt Mariens fiel die Burg Fellin, bald darauf das Schloß an der Pala. War damit das estnische Volk auch noch nicht ganz bezwungen, diese Siege der Deutschen hatten doch im Wesentlichen seine Kraft gebrochen. Daß es dahin gekommen, ist zum nicht geringen Theile Bernhard's Verdienst: von ihm war die Anregung und Vorbereitung ausgegangen; die Ausführung mußte er freilich, wie wohl anzunehmen ist, jüngeren Kräften überlassen.

Mit diesen Bemühungen, einem würdigen Abschlusse, schwindet Bernhard's Namen aus der Geschichte. Am 28., 29. oder 30. April 1224 ist er gestorben[271]), nicht den Tod ei-

---

clesiae, quam fratres militiae cum Livonibus et Lettis, ut veniant omnes pugnaturi cum Estonibus. Henr. Lett. XXVII. 2.

[271]) Als Todestag nennt das Necrolog. Hamburg., herausg. von Koppmann in der Zeitschrift des Vereins für Hamburg. Gesch. Neue Folge III. 69 den 30. April, das Necrol. Marienfeld seu lib. memor. bei Dorow Denkm. alter Sprache und Kunst II. 135 den 29. April, das Necrol. Herisense bei Wilmans Kaiserurk. der Provinz Westfalen I. 504 den 28. April. Zwischen diesen Angaben wird sich schwer entscheiden lassen; über Alter und Güte des Necrol. Heris. kann man wohl nicht eher urtheilen, als bis es vollständig gedruckt vorliegt; und wenn auch das Necrol. Hamb. weit älter ist, als in seiner jetzigen Gestalt das Necrol. Marienf., so geht Letzteres doch auf ältere Aufzeichnungen zurück. Werthlos scheint dagegen die Angabe, daß Bernhard am 23. Januar gestorben sei, denn soweit ich sehe, findet sich dieselbe zuerst in einer späteren, nicht gerade zuverlässigen Zusammenstellung der Todestage denkwürdiger Cisterzienser. Außer dem Todestage hat dieses Kalend. Cisterciense 24 (ed. Parisiis 1669) noch die weiteren Irrthümer, daß Bernhard Abt von Marienfeld und Bischof von Leal gewesen. Seiner Angabe sind dann die Späteren gefolgt: Ch. Henriquez Menolog. Cisterc. 25. Acta SS. Januar I. 425. Strunck Westf. sancta, beata et pia ed. Giefers I. 191 etc.

Bei der Bestimmung des Todesjahres kann das Jahr 1223 wohl nicht mehr in Betracht kommen; denn erst im März oder April dieses Jahres war Bernhard nach Livland zurückgekehrt, er

nes Märtyrers, ben er begehrt hatte; frieblich entschlief er
zu Selburg, seinem bischöflichen Sitze²⁷²). Den Leichnam
forderte, wie erzählt wird, das Kloster Dünamünde, dessen
Abt er gewesen; die bischöfliche Kirche weigerte zwar die
Herausgabe, doch wußte das Kloster seine Forderung durch-
zusetzen. Ein Freund Bernhard's, Abt Robert, nahm den
Leichnam in Empfang und fuhr mit ihm die Düna hinauf.
Als er sich schon ihrer Mündung und seinem Kloster nä-
herte²⁷³), erhob sich ein Sturm, der das Fahrzeug umwarf.

> erlebt noch die Schlacht an der Ymer und sammelt dann neue
> Truppen. Danach kann er also am 30 April 1223 noch nicht
> gestorben sein. Dann aber wird das Jahr 1224 dadurch als das
> Todesjahr festgestellt, daß am 28. November 1224 bereits Abt
> Theoderich II. von Dünamünde, der Nachfolger des Abtes Robert,
> urkundlich als solcher nachgewiesen ist, Gersdorf Cod. dipl.
> Saxoniae II a. 90. Denn wenn man auch zugeben muß, daß der
> Bericht über den Tod des Abtes Robert eine Sage sein kann, —
> vgl. Anm. 274 —, so hätte die Sage doch schwerlich entstehen
> können, wenn Robert nicht bald nach Bernhard gestorben wäre.
> Er lebte noch am 29. März 1224 — Bunge Liv-Esth-Curl.
> U.-B. I. 62 —; dann finden wir am 22., 23 u. 24. Juli Prior
> und Convent von Dünamünde am Hofe des Bischofes, ohne daß
> des Abtes Erwähnung geschieht, Bunge I. 66, 64, 67. Bern-
> hard's Nachfolger, Bischof Lambert, begegnet urkundlich erst im
> August 1225, Bunge I. 79.

²⁷²) Martyrii palmam crebro licet ipse sitiret,
Sanguine non fuso debita carnis init.
Mortis fata subit pastor sacer in cathedrali
Ecclesia, praesul cui fuit ipse datus. — Justin
v. 887—890. Nach den letzten, so bestimmten Worten ist er zu
Selburg gestorben. Daß Bernhard auf Oesel gestorben sei, be-
hauptet Hoister Suffrag. Colon. ed. Binterim 34 und danach
Andere. Woher Heister die Angabe nahm, kann ich nicht sagen;
Hechelmann S. 152 Anm. 51 vermuthet, er sei von Justin's
Bericht abgewichen, weil er sich nicht erklären konnte, wie «der
Leichenzug auf der Fahrt von Selburg oder Riga von einem See-
sturm überfallen wäre». — Ueber die von Winkelmann vorgeschla-
gene Aenderung des datus in natus s. Beilage IV.

²⁷³) — Justin's „corpus impositum, per maris alta vehit, ist ei-

Die Leiche des Abtes ward sofort dem Ufer zugetrieben und von den Mönchen aufgefunden. Freundliche Wellen hatten am Morgen des anderen Tages auch Bernhard's Leiche an's Ufer geführt: die im Leben eine innige Freundschaft verbunden, sollte der Tod nicht trennen: Ein Grab nahm die Freunde auf [274]).

Außer den Klöstern, denen Berhard angehört, außer seinem Bisthume und der ganzen livischen Kirche trauerte eine zahlreiche Nachkommenschaft um seinen Tod. Schon kennen wir Hermann, den würdigen Erben des väterlichen Besitzthums [275]); auch Gerhard von Bremen und Otto von Utrecht sind uns bekannt; Dietrich war Propst zu Deventer, und Bernhard, der Propst von Emmerich, ward später Bischof von Paderborn. Alle waren Erben des ritterlichen Sinnes, den ihr Vater so oft bewährt. Der Graf von Geldern fühlte Gerhard's, Otto's und Hermann's Macht [276]); an jenem unglücklichen Tage von Koworden sank Otto von einem Pfeile getroffen; einige Tage darauf starb Dietrich in der Gefangenschaft [277]). Hermann fiel ritterlich kämpfend in

---

gentlich nicht ganz recht: die Fahrt ging nur durch die allerdings sehr breite Dünamündung, an welcher das Kloster lag. Diese Erweiterung der Düna mag der Dichter als hohes Meer bezeichnen; auf ihr erfolgte der Sturm; in der Nähe des Klosters zerbrach das Schiff, denn anders wären die Leichen wohl nicht an das Ufer von Dünamünde ausgespült, namentlich die Leiche des Abtes nicht sofort von den Mönchen gefunden worden.

[274]) Justin, 892—911. Was man als Bestätigung dieser Geschichte anführen kann, ist der Umstand, (dem sie aber auch ebensowohl ihre Entstehung verdanken kann), daß Abt Robert thatsächlich bald nach Bernhard gestorben ist. Vgl. den Schluß der 271. Anm.

[275]) Annal. Stadens. Monum. Germ. XVI. 361 heißt Hermann: vir utique sapiens et illustris und der Auctor incert. de reb. Ultraj. ed. Matthacus 15 nennt ihn: vir sapiens et astutus.

[276]) Chron. mag. Belgic. ap. Pistorius Scr. rer. Gem. III. 245.

[277]) Annal. Stadens 359. Auctor incert. de reb. Ultraj. 18 et al.

der Schlacht gegen die Stedinger, die sein Bruder Gerhard
bekriegte[278]). Wie man sieht, war der Kampf ihr Element;
doch mögen die Geistlichen, wie es ihr Stand verlangte,
auch der religiösen Richtung des Vaters nicht ganz fern gestanden haben. Mehr vielleicht war des Vaters Frömmigkeit
auf die Töchter übergegangen[279]): nur zwei reichten edlen
Grafen ihre Hand, die vier übrigen nahmen den Schleier[280]).

Spärlich sind die Nachrichten, die sich über Bernhard
sammeln und zu einem Bilde verweben ließen. Doch deutlich
genug zeigte das Bild einen ganzen Mann. Er strebte rüstig
vorwärts; sein wirthschaftlicher Geist mehrte Besitzthum und
Vermögen; über die Vorurtheile seines Standes sich erhebend,
begünstigt er die bürgerliche Freiheit, weil sie ihn stärken
soll: gedenkt man der Männer, denen das westfälische Bürgerthum seinen Aufschwung verdankt, da nenne man ihn unter
den Ersten! Doch mächtiger als der wirthschaftliche Geist,
ist wohl der kriegslustige Sinn: er besitzt Kraft und Muth;
sie drängen ihn zur That, die er mit Tapferkeit, Klugheit
und Ausdauer vollführt; wie Gründen und Bauen seine Lust,
sind Kampf und Gefahr ihm liebe Freunde. Sei auch sein
Stand noch so hart, er weicht nicht: selbst im verkehrten
Streben erfreut seine Treue. Freilich führt das Uebermaß
der Kraft auch zu deren Mißbrauch: ein Mann der Gewalt,
hat er nicht Schonung und Milde gekannt. Aber der Mönch

---

[278]) Annal. Stadens. 361.
[279]) Ausgezeichnete Frömmigkeit wird uns wenigstens von zwei Töch-
tern gerühmt: Duae vero filiae — mehrere scheint der Autor
nicht zu kennen — Bernardi saepedicti benedictae fuerant in
abbatissas ob vitae suae meritum et religionis exemplum.
Chron. anon. Laudun. l. c.
[280]) Wir kennen die Namen und den Stand aller Kinder aus einer
Urk., durch welche Erzbischof Gerhard von Bremen für seine Eltern
und Geschwister eine Gedächtnißfeier stiftet. Lipp. Reg. Nr. 232.

büßt, was der rauhe Krieger gefrevelt[281]). Geläutert tritt er wieder in die Welt hinaus: nur geregelt, nicht geschwächt ist seine Kraft. Noch will er sie nutzen; wie fromm er auch sei, das leichte Verdienst klösterlicher Beschaulichkeit kann ihm nicht genügen. Jugendmuth im Herzen tragend, seiner grauen Haare vergessend, widmet er sich einer hohen und schweren Aufgabe. Und wie er in ihr seine moralischen Fehler sühnt, so auch seine politischen, wenn man von solchen reden darf. Der in Sachsen eine Empörung gegen Kaiser und Reich unterstützt hat, vertritt in Livland echt nationale Interessen: wie dem Christenthume, hilft er das Land auch dem Deutschthume gewinnen; gegen die Dänen und eine undeutsche Partei hält er fest zur deutschen Sache. So hat er mitgewirkt, Livland zu bekehren und deutsch zu machen.

Alles in Einem: er ist eine seltene und großartige Erscheinung. Westfalen mag ihn mit Stolz den Seinen nennen und auch Livland, einst ein kräftiges Glied am deutschen Körper, nun von ihm geschieden, aber der Wiedervereinigung harrend, kann ihm seine Achtung nicht versagen.

---

[281]) Noch will ich bemerken, daß die Bearbeiter der Acta SS. Januar I. 425 nicht erfahren konnten, ob Bernhard selig gesprochen sei. Strunck a. a. O. zählt ihn unbedenklich zu den Seligen und auch in dem Necrol. Marienfeld. l. c. heißt er: „Beatus".

Beilagen.

I.

Ueber eine Stelle des chron. mont. ser.

Der Einzige, welcher bisher die sächsischen Kriege der Jahre 1167 und 68 mit ausreichender Kritik behandelte, ist O. v. Heinemann in seinem „Albrecht der Bär" 250 ff.[1]). Aber in einem Punkte glaube ich von ihm abweichen zu müssen. Er nimmt drei Belagerungen Haldensleben's an. Der ersten, fruchtlosen folgte der Waffenstillstand, der zweiten die Zerstörung der Veste. Dann aber hätte Heinrich die Veste wieder aufgebaut; nun sei die dritte Belagerung erfolgt, nachdem und weil Herr Bernhard von der Lippe, als Befehlshaber jener Veste, die umliegende Landschaft in schonungsloser Weise verheert habe. Aber vergebens hätte der Erzbischof von Magdeburg die Veste zu bezwingen versucht.

Diese Anordnung stützt sich lediglich auf das chron. mont. ser. ed. Eckstein 33, also auf eine Chronik, die erst um 1230 zusammengetragen wurde[2]). In ihr wird der ersten Belagerung gar nicht erwähnt, dann spricht sie zum Jahre 1167 von der Zerstörung der Veste[3]), und bringt endlich zum Jahre 1168 folgende Angabe: Wichmannus archiepiscopus cum multis auxiliatoribus castrum Haldisleve obsedit; in quo Bernhardus de Lippia cum multis aliis a duce Henrico locatus provinciam civitati Magdeburgensi adiacentem rapinis et incendiis devastat, ita ut nonnunquam etiam ad muros civitatis accedere non timeret. Demnach behauptet Heinemann a. a. O. 262, die Veste sei inzwischen wiederhergestellt worden, und wahrscheinlich doch, weil der Chronist zuerst von der Belagerung, dann von den Streifzügen der Besatzung redet[4]), hält er die Belagerung für

---

[1]) Ihm folgte Fechner Wichmann von Magdeburg. Forsch. z. dtsch. Gesch. V. 473—77.
[2]) Opel, das Chronikon Montis sereni kritisch erläutert 14—18.
[3]) Nach den Annal. Pegav. Monum. Germ. XVI. 260. Vgl. Opel a. a. O. 41.
[4]) Obschon er, und zwar gegen den Wortlaut des Berichtes im chron. mont. ser , zuerst von der Verwüstung, dann von der Belagerung redet. Bei solcher Anordnung ist gar nicht abzusehen, weshalb die Belagerung erfolglos bleiben mußte.

erfolglos. Aber sollte man nicht annehmen dürfen, daß die schnelle Wiedererbauung und jetzt glückliche Vertheidigung einer so bedeutenden Veste aller Orten das größte Aufsehen erregte, daß die zeitgenössischen sächsischen Geschichtschreiber ihrer gedenken mußten? Gewiß die Annal. Palid. Monum. Germ. XVI. 93 hätten ein solches Ereigniß nicht verschwiegen⁵), es hätte sich unzweifelhaft ihrer Erzählung von der ersten erfolglosen Belagerung und von der zweiten glücklichen, d. h. von der Zerstörung der Veste angereiht. Gleiches gilt von jenen Annalen, welche wenigstens die Zerstörung überliefern, von den annal. Pegav. Monumm. Germ. XVI. 260 und den ihnen verwandten annal. Magdeb. Monum. Germ. XVI. 192.

Aus diesem Grunde kann ich an eine dritte Belagerung nicht glauben. Ich muß vielmehr annehmen, daß die Belagerung von welcher die Chronik zu 1168 redet, mit der ersten von den annal. Palid. l. c. überlieferten Belagerung zusammenfällt. Dagegen spricht allerdings das Jahr, und gerade auf die Chronologie des Chronisten scheint Heinemann großen Werth zu legen⁶). Aber begeht der Chronist, um von anderen chronologischen Unrichtigkeiten zu schweigen, nicht gerade bei den drei Ereignissen, die er zu 1168 berichtet ein zweites Versehen? Setzt er nicht in dieses Jahr den im August 1167 erfolgten Tod Reinalds von Köln⁷).

Danach zweifle ich nicht: wenn die Angabe des chron. mont. ser. überhaupt zu dem ersten sächsischen Kriege gehört, so bezieht sie sich auf die im December begonnene Belagerung und meldet ferner von einer anderweitig nicht bekannten Thätigkeit des Edelherrn von der Lippe, welche zwischen die erste und zweite Belagerung zu setzen ist⁸). Aber man könnte vielleicht

---
⁵) Und mit ihnen der verwandte Cober G., welcher den originalen Text des Eike von Repgow enthält. Bibl. des lit. Vereins XLII. 572.
⁶) Heinemann S 405: «Da die Chronik diese Ereignisse am Schlusse dieses Jahres erzählt, so gehören sie wahrscheinlich in die letzten Wochen desselben». Nun aber erzählt die Chronik zum Jahre 1168 überhaupt nur drei Ereignisse, die wirklich zu dem angegebenen Jahre gehören sollen: zunächst den Tod Reinald's von Köln, der sie veranlaßt, Einzelnes aus Reinald's Leben nachzutragen, dann die Wahl seines Nachfolgers, endlich die Belagerung Halbensleben's. Das erste Ereigniß gehört erwiesener Maßen zu 1167, das zweite, so innig mit dem ersten zusammenhängende ist demnach spätestens in den Anfang des folgenden Jahres zu setzen. Wie läßt sich da folgern, das dritte müsse in die letzten Wochen desselben gehören?
⁷) Vgl. Ficker Reinald von Dassel 114.
⁸) Wie ich schon Seite 217 Anm. 4 andeutete, liegt es keineswegs

zweifeln, ob die angegebenen Thatsachen überhaupt zu diesem Kriege gehören, ob der Compilator nicht vielmehr Ereignisse der Jahre 1179 und 1181 in seine Darstellung gleichsam hineingewirrt habe.
Die annal. Pegav. 264 erzählen nämlich zu 1179 von einer neuen erfolglosen Belagerung Haldenslebens, berichten dann zu 1181: Item Bernhardus de Lippia — in Haldisleibon cum aliis plurimis praedonibus a duce Henrico est immissus, ubi totam provinciam vastare ceperunt, nullo resistente, et omnem censum qui debebatur canonicis in Magdaburg et aliis multis ecclesiis violenter extorserunt. Nun sind die annal. Pegav. eine der bekannten Quellen des chron. mont. ser., und wenn man in Letzterem unter dem Jahre 1179 statt unter dem Jahre 1168 läse: Wichmannus archiepiscopus cum multis auxiliatoribus castrum Haldisleve obsedit; wenn es ebenso zu 1181 statt 1168 hieße: (In Hildesleibon) Bernhardus de Lippia cum multis aliis a duce Henrico locatus provinciam civitati Magdeburgensi adiacentem rapimis et incendiis devastabat, ita ut nonnunquam etiam ad muros civitatis accedere non timeret: so würde man gewiß annehmen, daß der Chronist die Angaben der Annalen in seiner Weise verarbeitet habe [9]). Aber weder zum Jahre 1179 wird der Belagerung erwähnt, noch zu 1181 der Thätigkeit Bernhard's. Nur zum Jahre 1181 heißt es: Wichmannus archiepiscopus Haldisleve civitatem secunda obsidione vallavit, priori ex huius modi occasione soluta. Eine eigenthümliche Art der Erzählung, welche wohl die Vermuthung nahe legt, daß beim Jahre 1179 die Erwähnung einer ersten Belagerung durch irgend ein Versehen von 1179 zu 1168 gerathen sei. Danach würde sich die weitere Vermuthung bezüglich der Thätigkeit Bernhards von selbst ergeben [10]).

---

im Wortlaut der Stelle, daß Bernhard die Beste gegen den Erzbischof vertheidigt habe. Der Wortlaut scheint vielmehr ganz gleiche Verhältnisse anzugeben, wie die von 1179 und 1181 waren: 1179 die Belagerung, ohne daß Bernhard die Beste vertheidigt hätte; dann wird er vom Herzoge hineingelegt und verwüstet nun die Umgegend. — Man könnte auch mit „in quo" recht wohl einen neuen Satz beginnen.

[9]) Vgl. die Gegenüberstellung bei Opel a. a. O. 49—59.
[10]) So wäre vollständiger Einklang zwischen dem chron. mont. ser. und den annal. Pegav. hergestellt, das heißt in ganz allgemeinem Ausdrucke, zwischen Original und überarbeiteter Copie.

Aber wir haben es überall mit analogen Verhältnissen zu thun: die Begebenheiten von 1179 und 1181 sind gleichsam Wiederholungen derer von 1167. Und wie nun 1167 und 1179 Halbensleben zunächst glücklich vertheidigt wurde, dann 1167 und 1181 zu Falle kam, so könnte Bernhard auch beide Male thätig gewesen sein. Vielleicht ist es reiner Zufall, daß der Chronist zu 1181 von seiner sonst benutzten Quelle, den annal. Pegav. abweicht und über Bernhard's Thätigkeit schweigt. Ebenso zufällig mag er 1168, einer anderen Quelle folgend, über Bernhard berichtet haben; freilich um ein Jahr zu spät. Auch wird man ja immer lieber und mit mehr Grund annehmen, daß ein Compilator ein vorgefundenes Ereigniß um ein Jahr zu spät, als um ein Jahrzehnt zu früh angesetzt habe [11]).

II.
Ueber die Zeit der Gründung und die Lehnsauftragung Lippstadts.

I. Justin erzählt v. 341—46:
Caesar concilium celebrare volens generale
Teutoniam forti vi comitante petit.
Publicat edictum; legatos mittit; acerbat
Poenam; ne spernat quis sua jussa, jubet
Inque locum regni magnates evocat unum,
Legato nomen significante loci.

Auf diesem Hofe erhält Bernhard vom Kaiser die Erlaubniß, eine Stadt zu gründen. Es fragt sich: wann der Hof stattfand, wann der Kaiser die Gründung Lippstadts erlaubte.

Hechelmann S. 116 stellt die irrigen Ansichten Früherer zusammen, um sodann aus der lippstädter Verfassungsurkunde von etwa 1197 zu folgern, daß der Erzbischof von Köln seine Zustimmung zur Gründung der Stadt gegeben habe. Dies aber

---

[11]) Wofür man sich auch entscheiden mag, — jedenfalls scheint mir Bernhard an den Ereignissen von 1167 Theil zu haben: Wenn sich in der folgenden Beilage ergeben wird, daß Bernhard im Juni 1167 an den Hof des Kaisers geladen war, wenn dieser Hof ausschließlich für die Beilegung des sächsischen Krieges bestimmt war, so hat Bernhard auch dem letzteren nicht fern gestanden.

sei nicht eher möglich gewesen, als der Erzbischof Herzog von
Westfalen geworden sei; also sei Lippstadt nicht vor 1180 gegründet.
Wie ich aber in Nr. II. zeigen werde, ergibt sich aus jener
Urk. keineswegs, daß der Erzbischof seine Zustimmung zur Gründung
der Stadt gegeben [12]). Wir sind also durchaus nicht an
eine Zeit nach 1180 gebunden [13]).
"Teutoniam petit" kann doch nichts Anderes heißen,
als: "er kehrte aus Italien zurück". Und wann ist er denn aus
Italien zurückgekehrt, seitdem Bernhard zur Regierung gelangt
war? wann hat er bei seiner Rückkehr ein concilium generale
angesagt? — Zuerst im Jahre 1168. Imperator, erzählen zu
diesem Jahre die annal. Palid. 94, clam de Italia reversus
curiam indixit principibus Saxonie Wirceburg in dominica
Vocem iocunditatis. Qui neglecta curia, congregato
exercitu, provinciam ducis praedationibus et
incendiis vastaverunt. Item secundo curiam indixit
in pentecoste; tertio nihilominus in festo Apostolorum
Petri et Pauli. Ubi pax firma inter principes facta
est. Gleich zu diesen Thatsachen scheint Justin's Bericht vortrefflich
zu passen: sächsische Stände waren beschieden; zweimal
versäumt man die Ladung; da natürlich acerbat poenam;
ne spernat quisque sua jussa jubet (sc. Caesar). Auch
paßt zur damaligen Lage der Dinge, daß der Kaiser dem Anhänger
Heinrichs des Löwen sich günstig erwies, ihm die Gründung

---

[12]) Auch bedurfte es zur Gründung einer Stadt gar keiner herzoglichen
Erlaubniß. Der Sachsensp. II. 26 §. 4 verlangt zur Gründung
eines Marktes nur die Zustimmung des Richters, das heißt des
Grafen, und ferner die Uebersendung eines Handschuhs von Seiten
des Kaisers.
[13]) Nach Winkelmann S. 18, Anm. 9 ist »wahrscheinlich der Reichstag
zu Mainz 1184 gemeint«. Denn »das lingua referre nequit in
Justin's Schilderung scheint darauf hinzuweisen. daß Justin die Beschreibung
des Arnold. Lubec. III. 9 vor sich hatte«. Justin sagt:
Regis ad edictum proceres regnique potentes
Conveniunt, quantos lingua referre nequit.
Bei Arnold entspricht diesem wohl nur der Satz: Quid de abundantia,
immo de superfluentiæ victualium dixerim, quae illic
de omnibus terris congesta erat, quae sicut erat inaestimabilis,
ita cuilibet linguarum manet inedicibilis. Illic
copia vinis — sine mensura hauriebatur. Ut autem nimium
et, ut dictum, inedicibilem apparatum intendas, so erzählt
er die Geschichte von dem großen Hühnerhause. Also, weil
Arnold von einem unsäglichen Luxus in Speise und Trank,
Justin von einer unsäglichen Menschenmenge redet, deshalb
mußte »Justin die Beschreibung des Arnold vor sich haben«?

der Stadt erlaubte; bezeichnet doch Helmold II., 11 als das Ergebniß aller Friedensverhandlungen: „Alles ging dem Herzoge nach Wunsch."

Aber auch nur zu diesen Thatsachen paßt Justin's Bericht. Denn als der Kaiser das folgende Mal aus Italien zurückkehrte, im Jahre 1178, da hat er wohl einen Reichstag zusammenberufen; aber am 13. Januar 1179 waren zu Worms nur Gegner Heinrich's des Löwen erschienen. Dasselbe gilt von den folgenden Tagen, die im Jahre 1179 gegen Heinrich den Löwen gehalten wurden. Und Herr Bernhard war ja der treueste Anhänger Heinrich's des Löwen, wäre auch an ihn ein Ruf ergangen, er hätte ihm gleich seinem Herrn getrotzt. Am Allerwenigsten aber hätte ihn der Kaiser damals so begünstigt, wie er nach Justin auf dem fraglichen Reichstage ihn begünstigt hat.

Endlich kehrte der Kaiser 1186 aus Italien zurück; er beschied damals die Fürsten nach Gelnhausen, aber es waren fast nur hohe geistliche Stände, welche berufen wurden, nicht aber kleine Herren, denn in seinem Streite mit der Curie, welchen er damals den Fürsten vorlegte, hatte ein kleiner Herr kein Wort mitzureden. Uebrigens war damals auch die Lippstadt längst gegründet, denn in einer Urkunde von 1185 wird Bernhard als Zeuge genannt Bernardus „in" Lippia. Lipp. Reg. Nr. 96.

Man sieht also, daß mit Justin's Worten „Teutoniam petit" nur das Jahr 1168 vereinbar ist, daß alle weiteren Umstände zu diesem Jahre passen. Meine Vorgänger haben nur Justins Worte nicht gehörig beachtet; sonst könnten z. B. Preuß und Falkmann Lipp. Reg. II. 4 unmöglich an das Pfingstfest 1184 denken. Justin's Worte zu beachten, scheint mir aber aller Grund vorhanden, denn dies Teutoniam petit kann doch wahrlich nicht als poetischer Schmuck betrachtet werden: es erscheint durchaus als auf sicherer Kenntniß beruhend.

Doch zwei Bedenken bleiben: 1) erzählt Justin „Teutoniam forti vi comitante petit und doch wissen wir, daß 1167 das kaiserliche Heer in Italien fast aufgerieben ward. Aber sollte dieser Umstand die Gründe, welche für 1168 sprechen, auch nur in Etwa beeinträchtigen können? hat man nicht vielmehr alles Recht diese fortis vis als etwas Unwesentliches, als poetische Zuthat zu betrachten? — 2) erzählt Justin die Begebenheit nach Beendigung des großen sächsischen Krieges von 1179—81. Bei strenger Chronologie würde also dies Ereigniß nach 1181 gehören. Aber erzählt Justin nicht auch Bernhard's Heirath nach dem großen sächsischen Kriege und ist es damit nicht unvereinbar, daß Bernhard's Sohn schon 1194 und 96 selbstständig auftritt?

Noch könnte Jemand geltend machen, daß Bernhard weder

in der Urkunde Friedrichs d. d. Würzburg den 28. Juni [14]),
noch in der Urkunde d. d. Würzburg den 10 Juli [15]) als Zeuge
genannt werde. Aber die erste Urkunde hat überhaupt sehr wenig
Zeugen; in der zweiten werden allerdings 89 Zeugen genannt,
aber einmal ist zu bemerken, daß unter ihnen auch Heinrich der
Löwe fehlt, derselbe also nach dem 28. Juni, wo er noch die
kaiserliche Urkunde bezeugte, den Hof verlassen zu haben scheint
und daß sich in seinem Gefolge auch Herr Bernhard ent=
fernt haben möchte; dann aber ist die Urkunde für Bamberg aus=
gestellt und wird demnach auch vorwiegend von Mittel= und
Süddeutschen bezeugt.

II. In der Verfassungsurkunde die Bernhard seiner Stadt
ertheilt, heißt es: Inclarescat tam futuris quam presenti-
bus, quod, cum ego Bernardus de Lippia, imperia-
toria maiestate favente, in bonis proprietate michi ce-
dentibus civitatem novellam plantarem, suasione amicorum meorum accedente, beato Petro in Colonia proprietatem eo tenore assignavi, ut ego et posteri mei
beneficio gaudentes quieta possessione perfruamur.
Dieser Satz, so einfach und klar, hat den lippischen Geschichts=
forschern viel zu schaffen gemacht: sie mochten nicht an ein Lehns=
verhältniß glauben und büftelten daher an den Worten herum.
Leider auch Preuß und Falkmann Lipp. Reg. Nr. 125; sie
und die Anderen interpungiren: suasione amicorum meorum,
accedente beato Petro in Colonia, etc. Danach erhält
man den unergründlichen Sinn: „Auf Rath meiner Freunde und
beim Hinzukommen des h. Petrus in Köln." Daß bei solcher
Interpunktion zu proprietatem eo tenore assignavi ein
Dativ fehle, machte weiter keine Sorgen; mehr lag daran, das
beneficio gaudentes, den Zwecken anzupassen. Möller,
Gesch. v. Lippstadt 137, übersetzte daher: „den Nutzen davon
ziehen." Aber sehr mit Recht nennt Hechelmann S. 118
Anm. 19 diese Uebersetzung „eine Wendung, wodurch er die ge=
wöhnliche Bedeutung beneficium=Lehen gewaltsam zu beseiti=
gen versucht." Man kann noch hinzufügen, daß beneficium
durchaus als Gegensatz zu dem vorausgehenden proprietas er=
scheint, also hier Lehen heißen muß.

Zu dem ganz unzweideutigen Wortlaute der Urkunde kommt
noch ein anderes Zeugniß: „Lippia Bernardi cum oppido

---

[14]) Lacomblet, Niederrh. U.=B. I. 297.
[15]) Mon. Boica 29a, 385.

suo" findet sich in dem Verzeichniß der Erwerbungen des Erzbischofs [16]).

Eine Lehnsauftragung ist also festzuhalten; eine Zusammenziehung „accedente beato Petro" und eine Uebersetzung: „mit Einwilligung des Erzbischofs von Köln" ist ganz unstatthaft. Damit fällt auch die Folgerung, daß Lippstadt erst nach 1180 gegründet sein könne, weil der Erzbischof, natürlich in seiner Eigenschaft als Herzog von Westfalen, seine Zustimmung gegeben habe, er aber erst 1180 Herzog geworden sei.

III.

Ueber zwei marienfelder Urkunden.

I. Die Urkunde bei Kindlinger Münst. Beitr. II. 267 hat mannigfache Bedenken erregt [17]). Sie ist ausgestellt von Bernhardus de Lippia dei gratia dictus abbas in Livonia und endet: Acta sunt hec anno ab incarnatione domini 1201 apud Stromberc sollemniter, regnante piissimo Romanorum rege domino Philippo. Wenn nun actum und datum zusammenfallen, so war der Aussteller im Jahre 1201 ernannter Abt in Livland und, da das Siegel die Umschrift zeigt oder wenigstens ehedem zeigte: S. abbatis de monte sci. Nikolai i(n) Livon(ia), war er Abt vom Berge des h. Nikolaus oder von Dünamünde. Letzteres wurde aber nach dem zuverlässigen Berichte Heinrichs von Lettland erst 1202 gegründet [18]); wie konnte Bernhard da schon 1201 ernannter Abt von Dünamünde sein, das Siegel eines Abtes von Dünamünde führen? Nimmt man hinzu, daß thatsächlich von 1202 bis 1211

---

[16]) In dem Güterverzeichniß (neuerdings gedruckt bei Locomblet Archiv f. Gesch. des Niederrh. IV. 356) heißt es: Item Lippia Bernardi cum oppido suo. 300 marcis solutum. Dazu bemerkt Hechelmann a. a. O. 118, es sei „recht wohl anzunehmen, daß Bernhard nur zeitweise jene Summe an den Erzbischof gezahlt habe, als Entschädigung für die Verwüstungen, die er während des Krieges in kölnischem Gebiete begangen hatte". Aber es heißt in der Ueberschrift des Güterverzeichnisses: Haec sunt allodia, que dominus Philippus acquisivit. Somit kann an eine Zahlung von Seiten Bernhard's nicht gedacht werden.

[17]) Vgl. Lipp. Reg. Nr. 128.

[18]) Henric. Lett. VI. 5. Der Grund zum Kloster wurde nach IX. 7 gar erst 1205 gelegt.

ein Theoderich [19]) Abt von Dünamünde war, daß Bernhard noch 1207 und 1201 als monachus und frater bezeichnet wird [20]), so ergibt sich die nothwendige Annahme, daß Beurkundung und beurkundeter Vorgang nicht gleichzeitig waren. Dafür spricht auch ein falscher Namen, der in der Urkunde sich findet: es heißt, Bernhard habe den Vergewaltiger des Gutes, worum es sich eben handelt, belangt coram domino O(ttone) Monasteriensi episcopo [21]). Aber im Jahre 1201, in welchem ja der beurkundete Fall verhandelt wurde, hieß der Bischof nicht Otto, sondern Hermann. Otto war seit 1203 der Nachfolger Hermanns; sein Name würde in der Urkunde ganz unerklärlich sein, wäre dem Schreiber der Name Otto, als der Name des damaligen Bischofs, nicht geläufig gewesen.

Danach hat das: Acta sunt hec anno ab incarnatione domini 1201 etc. für die Bestimmung der Ausstellungszeit gar keine Bedeutung [22]). Man sieht ferner, daß die Urkunde

---

[19]) Henric. Lett. VI. 5 und XV. 4.
[20]) Lipp. Reg. Nr. 134 und 3259 .
[21]) Herr Archiv = Sekretair Dr. Beltmann hatte die Freundlichkeit, die Urk. für mich einzusehen. Derselbe bestätigt mir, daß man nur lesen könne: coram Domino' O. Monasteriensi episcopo, dagegen ist nicht wie bei Kindlinger zu lesen: Testes autem sunt S abbas de Lisborne sondern: Testes autem sunt ... abbas de Lisbern.
[22]) Hansen in der Vorrede zu den Scr. rer. Liv. 3. IX. u. Hechelmann S. 127 lassen auch das Jahr 1201 fallen; sie batiren die Urkunde zunächst nach dem Regierungsanfange Bischof Otto's und dem Regierungsende König Philipp's, das heißt zwischen 1203 und 1208. Dann geht Hansen von der unberechtigten Vermuthung, daß Bernhard 1207 nach Livland gekommen sei, — vgl. Seite 188 Anmerkung 214 — zu der weiteren Vermuthung, daß er damals zum Abte geweiht sei und nach seiner Rückkehr in die Heimath 1208 die Urkunde ausgestellt habe; denn Heinrich der Lette erzähle zu 1211: et in primo adventu ejus in Livoniam in Dunamunde consecratus est in abbatem. Durch Verbindung der Urkunde und des Ausdruckes „in primo adventu", wozu ja Heinrich keine Veranlassung gehabt hätte, wenn er nicht von einer früheren Ankunft spräche, wird es Hansen klar, daß der Chronist sich auf 1207 beziehe. Also 1207 geweihter, 1208 ernannter Abt! daß Bernhard 1211 noch frater heißt, daß nach Heinrich dem Letten - der Abt Theodorich von Dünamünde - Bernhard's Vorgänger erst 1211 zum Bischofe von Esiland geweiht wird, ja daß Hansen selbst (in seiner Ausgabe S. 158) „in primo adventu" richtig übersetzt hat: « gleich bei seiner Ankunft », — vgl. darüber S. 189 Anm. 278. — erregt gar kein Bedenken. — Auch Winkelmann S 54 verwirft das Jahr 1201; wenn aber seine Vorgänger die Urkunde ganz all=

wegen des „coram domino O. Monasteriensi episcopo"
nicht vor 1203 ausgestellt sein kann; aber auch nicht vor 1211,

gemein nach der Regierungszeit Philipp's von Schwaben und des
Bischofes Otto von Münster ansetzten, so weiß Winkelmann An-
fangs= und Endpunkte ungleich näher zu beschränken. Noch am
3. Juli 1207 nennt der Papst unsern Bernhard einfach einen Cistercienfermönch. «Auf der andern Seite kann die Urkunde wegen
der Erwähnung des Königs Philipp, welcher am 21. Juli 1208
ermordet ward, nicht nach diesem Termine ausgestellt sein. Kurz,
zwischen dem 3. Juli 1207 und dem 21. Juni 1208 hat Bernhard
in einer oder der andern Weise ein Anrecht auf den von ihm ge-
brauchten Titel eines dictus abbas in Livonia erhalten » Und
dieses Ergebniß, meint Winkelmann, «wird dadurch nicht erschüttert,
daß er unter andern Geistlichen noch zu Anfang 1211 ohne Titel
erscheint.» Er denkt an die Urkunde des Bischofes von Paderborn,
welche ich Seite 187, Anm. 212 besprochen habe. Der Leser kennt
aber schon die Urkunde des Bischofes von Riga, in welcher Bernhard noch 1211 frater heißt; auch Winkelmann hat sie recht gut
gekannt, obwohl er sie hier todtschweigt. Vergl. seine Abhandlung
S. 46, Anm. 1 und das letzte Regest auf S. 76. Da ich nun
aber darauf hinweise, so wird er die gleiche Folgerung, welche er
für das Jahr 1207 zog, auch für das Jahr 1211 zugestehen: er
behauptete, daß Bernhard 1207 noch kein Abt gewesen sei, weil der
Papst ihn damals noch einen Cistercienfermönch nenne; ich behaupte
mit gleichem Rechte, daß er auch 1207 und 1208 noch kein Abt
gewesen sei, weil er 1211 in einer Urkunde seines Bischofes noch
frater heiße. — Auch Winkelmann's weitere Bemerkungen haben
keinen Werth. Wenn Bischof Albert von Riga im Jahre 1207
wirklich zu Marienfeld war — wie Winkelmann daraus folgert,
daß im folgenden Jahre ein Abt Florenz (von Marienfeld? ebenso-
gut kann man mit Winter Cistercienser S. 249 an den gleichna-
migen Abt von Sittichenbach denken) nach Livland zog —, so hat
er unserm Bernhard die Würde eines Abtes von Dünamünde doch
nicht «so zugesichert, daß Bernhard sich mit einigem Rechte dictus
abbas in Livonia nennen und im Voraus sich das Siegel als
Abt von Dünamünde stechen lassen konnte.» Wie fest auch die
Zusicherung sein mochte, so lange Bernhard nicht eingeführt war,
so lange noch ein Anderer die ihm zugesicherte Würde bekleidete,
konnte Bernhard sich nicht Abt nennen, nicht das Siegel des Abtes
führen. Nichtssagend ist die Bemerkung, daß Bernhard in Deutschland nicht Abt geheißen habe, weil Titularäbte in Deutschland eben
so unbekannt gewesen, «als Titularbischöfe für Diöcesen in partibus
in fidelium gewöhnlich waren.» Titularbischöfe, wie Winkelmann sie
sich hier denkt, hat es eben so wenig gegeben, als es neben wirkli-
chen Aebten noch Titularäbte gegeben hat. Denn so ist hier das
Verhältniß: Theoderich ist wirklicher Abt, Bernhard wäre Titularabt;
wenn Winkelmann da die Titularbischöfe zum Vergleiche heranzieht,
so möchte er eine ganz falsche Vorstellung von diesem Institute ha-

denn von 1202 bis 1211 heißt der Abt von Dünamünde Theodorich. Gerade in letzterem Jahre wird Bernhard Abt von Dünamünde: nach seiner Ankunft in Livland heißt er noch frater Bernardus de Lippia, und Heinrich der Lette erzählt, daß er „gleich nach seiner Ankunft zum Abte geweiht sei." „Geweiht"; also müßte die Urkunde wegen des Titels „dictus abbas" in dem kurzen Zwischenraume dieser beiden Thatsachen, der urkundlichen Benennung als frater und der Weihe, ausgestellt sein.

Allerdings ist das gewonnene Ergebniß ein eigenthümliches: zehn Jahre nach dem beurkundeten Vorgange wird erst die Urkunde ausgestellt, und obwohl dieselbe deutsche Verhältnisse betrifft, wird sie in Livland ausgestellt. Es ist nicht abzusehen, weßhalb mit der Ausstellung zehn Jahre lang gewartet wurde, weßhalb man nach so langem Warten mit der Ausstellung sich jetzt so beeilt, daß die doch sicher einmal erfolgende Rückkehr Bernhard's nicht abzuwarten ist. Aber so folgerichtig scheint mir die obige Entwickelung, daß mir nur die Wahl bleibt, entweder in dem logischen Ergebniß auch eine historische Thatsache anzuerkennen, oder die Urkunde als unecht zu verwerfen. Zu letzterem sehe ich mich nicht berechtigt; denn das Auffallende schließt nicht eben Unmögliches in sich; das Aeußere der Urkunde ist unverdächtig und vielleicht läßt sich auch das Auffallende erklären: man nehme nur an, daß der Vergewaltiger an jenem Gute, obwohl er auf dasselbe verzichtet hat, eben jetzt seine Ansprüche erneuert hatte: Bernhard ist gerade zu einer Würde gelangt, er besitzt ein Siegel, seine Würde gibt der Urkunde höheres Ansehen: da verbrieft er jenen Verzicht und übergibt die Urkunde einem marienfelder Mönche, der in die Heimat zurückkehrt [23]).

---

ben. — Endlich werden sogar die Irrthümer anderer Chronisten ausgebeutet. Der Irrthum des Albert v. Stade und des Mönches von Lauterberg, welche Bernhard auch Abt von Marienfeld werden lassen, soll sich daraus erklären, daß Bernhard während seines Aufenthaltes in Deutschland sich gelegentlich Abt d. h. für Livland genannt hat «. Die Chronisten müssen diese Benennung wohl gehört, aber mißverstanden haben. Wenn der sog. Alberich von Troifontaines zum Jahre 1207 erzählt, Bernhard habe sich dem Bischofe Albert von Livland angeschlossen, so irrt der Chronist zwar in der Zeit, « aber jedenfalls hat sich bei den Zeitgenossen ein dunkles Bewußtsein davon erhalten, daß Bernhard schon während seines Marienfelder Aufenthaltes für Livland als Abt gewonnen war. » Wie die in Marienfeld vollzogene Ernennung zum Abte von Livland sich im Gedächtniß der Menschen als Anschluß auf einer Livlandsfahrt abspiegeln solle, ist mir unfaßbar.

[23]) Damit fällt meine frühere, im Lit. Centralbl. 1867. Nr. 6 ausge-

So ließ sich der Vorgang erklären: aber ich kann nicht läugnen, daß die Erklärung etwas Künstliches hat und durch keine bekannte Thatsachen gestützt wird. Es kömmt hinzu, daß die Zeugen, der Abt von Lisborn und Hermann von Rüdenberg die nach den Worten der Urkunde unzweifelhaft als Zeugen der Ausstellung zu fassen sind [24]), sich anderweitig in Livland nicht nachweisen lassen: wahrscheinlich würde aber Heinrich der Lette, der aufmerksam die Namen der angekommenen Prälaten verzeichnet, von der Anwesenheit des Abtes reden, wäre dieser wirklich in Livland gewesen. Auch der häufige Wechsel von Ein- und Mehrzahl, in welcher der Aussteller von sich redet, gehört wenigstens nicht zu den Gewöhnlichkeiten echter Urkunden [25]); ferner läßt sich gewiß nicht behaupten, daß der unrichtige Name des Bischofs von Münster nur in der oben angegebenen Weise in die Urkunde hineingerathen sein könne. Genug, wie die Dinge liegen, glaube ich die Urkunde für die Darstellung nicht verwerthen zu sollen. Darum mag h i e r ihr Inhalt folgen: Bernhard hat noch als Laie dem Kloster Marienfeld die Häuser in Mellage und die sogenannte Lambertshufe durch die Hand seiner Gattin geschenkt. Dann hat Giselbert von Warendorf die Vogtei über jene Güter beansprucht; als Bernhard ihn zu Stromberg vor dem Bischofe O(tto) von Münster belangt, wird nach Vernehmung beider Theile dem Kläger das Beweisrecht zuerkannt. Giselbert sieht sein Unrecht ein, verzichtet auf den Eid und entsagt dem Besitze zu Händen Hermanns von der Lippe; dieser giebt die Güter dem Bischofe [26]), der sie dann dem Kloster bestätigt.

II. Auch von einer zweiten marienfelder Urkunde wird sich zeigen lassen, daß sie nicht gleichzeitig mit dem beurkundeten Vorgange ausgestellt wurde, — falls sie überhaupt echt ist. Darauf einzugehen, liegt mir um so näher, als auch in ihr von Herrn Bernhard die Rede ist.

---

sprochene Behauptung, daß die Urk. doch im Jahre 1201 ausgestellt sei; theils mangelhafte Kenntniß der Sachlage, theils das Regest bei Wilmans a. a. O., worin der Bischof von Münster schlechtweg Hermann genannt wird, verschulden meinen Irrthum.

[24]) — factum — sigilli nostri testiumque munimine duximus roborandum, das heißt wohl: Besiegelung und Heranziehung der Zeugen sind gleichzeitig.

[25]) cum laicus adhuc essem. — tradidi — nos in causam traximus — cum mihi probatio esset adjudicata — ac nobis deferens — in manus filii mei, nicht nostri, wie Kindlinger liest) — sigilli nostri duximus roborandum.

[26]) itemque H(ermannus) episcopo resignavit, nicht wie Kindlinger liest: itemque domino H. episcopo resignavit.

Die Urkunde bei Wilmans Westf. U.-B. III. 24, wonach Otto IV. und seine Brüder einen Berg bei Stabellage, welchen Bernhard von der Lippe und sein Sohn Hermann ihnen resignirt haben, dem Kloster Marienfeld schenken, endet: Acta sunt hec anno 1207. Dennoch heißt es: „Otto imperator, Gunzelinus dapifer domini imperatoris". — Ausdrücke, die vor Otto's Kaiserkrönung, also vor dem 4. October 1209 nicht gebraucht werden konnten, deren sich aber am Allerwenigsten der Aussteller bedient haben wird. Denn Pfalzgraf Heinrich bei Rhein war seit 1204 ein Anhänger Philipp's von Schwaben: er anerkennt seinen Bruder Otto nicht einmal als König²⁷). Nun gar urkundet der Pfalzgraf, wie für sich; so auch für seinen Bruder, erscheinen in der Begleitung des Pfalzgrafen Anhänger seines Bruders: der kaiserliche Kapellan Stephan und der Truchseß Gunzelin, fast der Treuste der Treuen²⁷). Kein Zweifel: wenn die Urk. echt ist, so wurde sie nicht 1207 ausgestellt: sondern nach dem Tode Philipp's von Schwaben, nach welchem der Pfalzgraf zur Partei seines Bruders zurückkehrte, ferner nach Otto's Kaiserkrönung.

Danach hat man sich den beurkundeten Vorgang in folgender Weise zu denken: Nachdem Bernhard von der Lippe und sein Sohn Hermann den stapellager Berg ihren Lehnsherren aufgetragen, damit dieselben ihn an Marienfeld schenken, entspricht im Jahre 1207 jeder dieser Absicht: Otto IV., Pfalzgraf Heinrich und Graf Wilhelm verzichten auf ihr Unrecht. Erst nach der Versöhnung des Pfalzgrafen mit seinem Bruder, ferner nach der Kaiserkrönung Otto's erfolgt die Beurkundung der nun als gemeinsam erscheinenden, ursprünglich von jedem Einzelnen vollzogenen Schenkung. Bernhard und der Kellner Theodorich sind Zeugen: sie werden entsandt sein, um die Urk. zu erwirken. Verhandlungen sind wohl vorausgegangen; vielleicht sind die schon genannten Beamten Otto's und der Truchseß des Grafen Wilhelm, der auch die Urkunde bezeugt, mit den Geschäftsträgern Marienfeld's von den Höfen ihrer Herren zum Pfalzgrafen gekommen.

Dabei bleibt jedoch ein Bedenken: das Actum bezieht sich natürlich auf das Hauptmoment der Urk., auf die Schenkung; aber die Auflassung von Seiten des Lehnsträgers wird der Schenkung doch unmittelbar vorausgegangen sein; denn wenn in der

---

²⁷) Ich führe hier nur an, daß er gerade im Jahre 1207 am Hofe Philipp's begegnet: 1207 August 3. Böhmer, Reg. Phil. 98.
²⁸) Chron. Sampetr. ed. Stübel p. 53.

Urkunde auch nicht ausgesprochen ist, daß die Auflassung zum
Zwecke der Schenkung geschehen sei, so ist doch anzunehmen,
daß Bernhard und sein Sohn ihr Lehen nicht früher aufließen,
als sie der Schenkung sicher waren. Daraus ergibt sich wohl
auch für die Auflassung das Jahr 1207. Aber damals hatte
Bernhard längst seine ganze Habe dem Sohne abgetreten: er
wird eben in diesem Jahre zum ersten Male als Mönch genannt;
und wie ich an einer andern Stelle zeigte [29]), hat er vor einem
Zuge, den er noch als Laie nach Livland unternahm, seinen Sohn
in sämmtliche Besitzungen eingesetzt. Offenbar hatte er also im
Jahre 1207 gar kein Recht, ein Lehen aufzulassen.

Dieses Bedenken weis ich nicht zu haben; doch möchte es
längst nicht ausreichen, die Echtheit der Urkunde in Zweifel
zu ziehen.

Auch darin kann ich keinen Grund zur Verdächtigung finden,
daß Bernhard unter den Zeugen der, also noch nach dem 4. Ok=
tober 1209 erfolgten Beurkundung [30]) einfach Bernardus de
Lippia heißt: als Nichtlaie ist er jedenfalls dadurch gekennt=
zeichnet, daß er eben nicht unter den Laien und vor dem Kell=
ner Theodorich genannt wird.

Dennoch glaube ich die Urk. von der Darstellung ausschließen
zu sollen: jenes obige Bedenken bleibt unbeseitigt und mit mir
theilen vielleicht auch Andere eine gewisse Scheu vor der Benutzung
von Urkunden, die längere Zeit nach dem beurkundeten Vorgange
ausgestellt sein sollen, ohne daß doch actum und datum genau
unterschieden wären. Wo Letzteres nicht der Fall ist, gilt durch=
gehends Gleichzeitigkeit der Verhandlung und Beurkundung.

IV.

Ueber den Todesort Bernhard's.

Gestützt auf Justin's Worte
Mortis fata subit pastor sacer in cathedrali
Ecclesia, praesul cui fuit ipse datus
nahm ich Selburg als Bernhard's Todesort an. Dagegen meint

---

[29]) S. 79, Anm. 204.
[30]) Daß die Zeugen auch hier Zeugen der Ausstellung sind, geht eben
daraus hervor, daß unter ihnen jene Anhänger Otto's IV. erschei=
nen: nach dem Obigen konnte der kaiserliche Truchseß Gunzelin im
Jahre 1207 nicht beim Pfalzgrafen sein.

Winkelmann, Bernhard sei in Deutschland, und zwar in Bremen, allenfalls auch in Utrecht gestorben. Wir werden sehen, wie er zu diesem Ergebnisse gelangt. Zunächst findet er in den obigen Versen das doppelte Subjekt anstößig: pastor sacer nnd praesul. Doch sehe ich in letzterem Worte kein Subjekt, denn ich übersetze: „Der heilige Hirt stirbt in der Domkirche, für die er zum Bischofe geweiht war." Und diese Ausdrucksweise scheint mir wenigstens für einen Dichter so einfach, daß ich Nichts daran auszusetzen wüßte. Hat Winkelmann etwa sagen wollen, daß in pastor und praesul dieselben Begriffe wiederkehren, so glaube ich auch widersprechen zu dürfen: praesul ist das blos Aeußerliche, die Würde ohne das Verdienst, pastor sacer ist der rechte Geistliche. Also: „der h. Hirt stirbt in der Stadt, deren Bischof er ist." Von zwei Subjekten kann nur mit Bezug auf das ipse des Relativsatzes die Rede sein; und wenn dieses nicht klassisch ist, so ist es doch dem Justin, wie sich später zeigen wird, außerordentlich geläufig. Aber Winkelmann legt wenig Werth auf seine sprachliche Bemerkung, „viel gewichtiger sind die sachlichen Bedenken." Und da habe ich denn schon selbst aufmerksam gemacht, daß der Abt von Dünamünde, wenn er Bernhard's Leiche von Selburg holte, nicht per maris alta fahren konnte, wie doch Justin erzählt. Man könnte sich den Hergang etwa so denken, daß Justin gerade den Zeitpunkt, da der Abt im Verlaufe der Fahrt zu der breiten Dünamündung gelangte, im Auge gehabt und diese Erweiterung des Flusses in dichterischer Freiheit als hohes Meer bezeichnet hätte. Aber muß Justin denn durchaus die Lage Selburgs gekannt haben und ist seine Angabe „per maris alta vehit" durchaus auf bestimmte Kunde zurückzuführen? Man stelle sich einmal vor, er habe daheim nur vernommen, daß Bernhard in seiner Bischofsstadt gestorben und daß der Abt mit der Leiche gestrandet sei. Die Lage der Stadt war ihm also unbekannt; sie aufzufinden, war ihm kein Mittel geboten; er wußte nur, daß das Schiff gestrandet sei, nicht wo. Da verlegte er den Vorgang auf das hohe Meer, das dem Dichter ja ungleich mehr behagte, als der schmale Fluß. Genug, ich kann auf das per maris alta keinen besondern Werth legen; blos deshalb nehme ich mit den obigen Versen keine Aenderung vor[81]). Aber,

---

[81]) Gar keinen Werth hat Winkelmanns Bemerkung, daß Bernhard nicht in cathedrali ecclesia sterben konnte, «weil eine Domkirche gar nicht vorhanden war.» Ich denke „in cathedrali ecclesia" hat der Dichter mit der Freiheit, die man ihm zugestehen muß, für Bischofsstadt gesetzt. Und wenn nicht; woher weiß Winkelmann denn, daß Selburg keine Kirche hatte?

wendet Winkelmann ferner ein, „nach der Reihenfolge der im Lippeflorium erzählten Begebenheiten hielt Bernhard sich zur Zeit seines Todes gar nicht in Livland auf, sondern in Deutschland." Da wollen wir uns nun erinnern, in welcher Weise Justin erzählt. Ohne viele Umschweife ließ er seinen Helden, aus Rom anlangend, in Livland geweiht werden. Weit plötzlicher erscheint er dann wieder in Deutschland: Teutonie peragrat fines. Nicht anders kündigen sich seine weiteren Reisen an. Zunächst hat er Schätze gesammelt: ad terre robur dirigit ista sue. Man erfährt nicht, ob er selbst die Ueberfahrt begleitet. Da steht er schon in Livland:

Nunc cruce signatos loca per diversa fideles
Congregat et forti concitat arma manu:
pergt ad idolatras, acies disponit et hostes
Impetit.

Noch plötzlicher ist er wieder in Deutschland. Als Uebergang, der aber auch auf jedes andern Ereigniß hinlenken konnte, wird seine Emsigkeit gerühmt. Dann

Terras pertransit, regiones circuit, urbes
Intrat, castra subit, oppida, rura petit,
Nobilibus cum plebe simul verbum crucis edit.

Daraus erfährt man, daß wir wieder in Deutschland sind; die ausdrückliche Bestätigung bringt erst der Vers: Interea subit oppidulum Lippense etc. Weshalb sollte der Dichter uns nicht in ähnlicher Weise nach Livland zurückversetzen, nur durch den Vers:

Mortis fata subit pastor sacer in cathedrali
Ecclesia, presul cui fuit ipse datus

Bernhards Rückkehr ankündigen? In der Erzählung Justin's ist nichts Auffallendes, wenn man sie aus seiner ganzen Erzählungsart beurtheilt; zu einer Aenderung in seinem Verse „cui praesul fuit ipse datus" würde ich mich nicht berechtigt glauben. Um so weniger, als die handschriftliche Ueberlieferung durchaus für datus spricht. Nicht blos Meibom hat so gelesen; auch die detmolder Handschrift zeigt ein ganz deutliches „datus". Offenbar aber hat Meibom eine andere Handschrift benutzt als die Detmolder: zahlreiche Abweichungen, ganze Verse, die in dem einen Texte fehlen, in dem anderen vorhanden sind [32]), liefern den Beweis. Da ist es gewiß nicht gleichgültig, wenn in dem datus Uebereinstimmung herrscht. Und wie Meibom und der

---

[32]) In der detmolder Handschrift fehlt v. 514 (ecclesie-cadunt); in dem Meibomschen Texte vermißt man im Ganzen zehn Verse. Vgl. Seite 109, Anm. 1.

Schreiber der detmolder Handschrift, las auch der deutsche Ueber=
setzer, der keinenfalls unsere detmolder Handschrift benutzte [88]).
Es läßt sich daher wohl behaupten, daß die handschriftliche Ueber=
lieferung durchaus gegen eine Aenderung spricht.
Wie lautet nun Winkelmanns Aenderung? Trefflich hebt sie
uns über die Schwierigkeit des per maris alta hinweg. Sie
läßt Bernhard bei einem seiner Söhne sterben; wahrscheinlich von
Hamburg aus holt Abt Robert seinen Freund über das Meer;
dafür müssen wir's uns aber auch gefallen lassen, statt des guten
einen schlechten Vers hinzunehmen. Früher hatten wir den rei=
nen Pentameter: ecclesie, presul cui fuit īpsĕ dătŭs.
Jetzt heißt es: praesul cui fuit īpsĕ nātūs. Damit ist das
Metrum aufgegeben. Es fragt sich, ob Justin den holprigen
Vers schreiben konnte.

Er schrieb zur Verherrlichung des lippischen Hauses; aber
seine Arbeit sollte auch ein Schulbuch sein. Am Schlusse hat er
diese Absicht in mehreren Versen ausgesprochen: der ganze Schluß
ist an die eigenen Schüler gerichtet. Und bei solcher Absicht mußte
er sich hüten vor metrischen Verstößen, die einem Jeden bald
auffielen. Daß er in seinem Gedichte ein nur selten vorkommen=
des Wort falsch maß, konnte wenig austragen. Aber ein nur
halbwegs aufmerksamer Schüler mußte es doch bald merken, wenn
nun z. B. ein Wort, das fast ein Dutzendmal im Gedichte als
Jambus gebraucht war, sich plötzlich in einen Trochaeus oder
Spondaeus verwandelte. Da konnte Justin schon nicht mehr
darauf rechnen, daß ein etwaiges Versehen:
                    livida sanna
    non premat, excuset illud amica fides.
Nein, die Kleinen hätten über die allzu leichte Entdeckung ge=
kichert, die Größeren gar ein Hohngelächter angeschlagen. Tol-
litur in populo risus, wie Justin singt; und auch sein
treuster Schüler cachinum
    dissimulare nequit. Vor solchen Verstößen wird Ju=
stin sich also gehütet haben.

Hier aber hätte „Homeros geschlafen," wie nie zuvor.
Denn zehnmal gebraucht er in seinem Gedichte, ganz nach claf=
sischem Sprachgebrauche, das a in natus als Länge [84]); da

---

[33]) Denn die letztere ist gleichzeitig mit der ersteren von Einem Schrei=
    ber in unseren Codex eingetragen.
[84])   Ne vacet herede res patria, provida nātūm
      detrahit a clero sollicitudo patris. — v. 59—60.
    — — — — coniunx fidissima plures
    nātos felici germine foeta parit. — v. 508.

ſtrauchelt er in ſeinem metriſchen Gange, braucht nātus an
Stelle eines Jambus.

Ich denke beſſer von meinem Juſtinus: der Herr Magiſter
hat recht wohl gewußt, welche üble Folgen es hat, wenn er ſich
einmal eine ärgere Blöße giebt. Und deshalb laſſe ich's bei dem
guten Verſe: presul cui fuit ipse datus.

Auch ſonſt möchte ich an Winkelmanns Aenderung noch
Einiges ausſetzen. Wir erhalten damit einen Dativ, der dem
Sprachgebrauche Juſtins nicht geläufig zu ſein ſcheint; im ganzen
Gedichte findet ſich kein zweiter Dativ, der von einem esse ab-
hängig iſt, wo man beſſer einen vom Subjekt abhängigen Geni-
tiv ſetzen würde. Juſtin ſcheint die Ausdrucksweiſe: „Dieſer
Kirche war ſein Sohn Biſchof" ebenſowenig zu lieben, wie wir
Deutſchen. Dann auch wird das ipse überflüſſig und matt.
Daß der Sohn, welcher der Biſchof war, der eigene Sohn oder
der Sohn ſelbſt war, bedurfte keiner Verſicherung, und auch
ſolche Ausdrucksweiſe liegt nicht in Juſtin's Sprachgebrauche.
Wie unendlich oft überſetzt er dagegen ſein deutſches „Er" im
Nebenſatze durch ipse? Auf jeder Seite ein Paarmal [35]). So
möchte es auch hier das Subjekt des Hauptſatzes wiederholen.
Endlich begreift man nicht, unter irgendwelchem Rechtstitel die
Kirchen von Bremen oder Utrecht die Herausgabe der Leiche ver-
weigern konnten. Ein Streit zwiſchen Selburg und Dünamünde
iſt erklärlich. Dort war er Biſchof, hier Mönch und Abt ge-
weſen. Es frug ſich, welche Verbindung die innigere war; und
da hieß es denn, daß Bernhard ſeinem Orden auf Leben und
Tod verbunden ſei [36]), daß ſein Bisthum nur eine hinzuge-

  — — — — — — — Maria
  Confer opēm. Nātūm tu prece flecte tuum. — v. 604
 Flectere quem poteris affectu duplice: mater
  Nātūm, nătă pătrem; claret utrinque fides.
Nătă pătrēm plăcare potest, mater quoque nātum. —
            v. 615 — 17.
 Tūnc nātum vŏcăt etc. — v. 689
 — — — — — — — patratur honestum,
  Nātūs vis fidei patrat amore patris.
· Patris amore patrat fidei vis nātūs, honestum
  Patratur. — v. 1005—1006. Als zugehörige Variante hat
man die beiden erſten oder letzten Verſe aufzufaſſen. Vgl. Seite 5
Anmerkung 1.

[35]) So dreimal in drei auf einander folgenden Diſtichen v. 886—890.
[36]) Juſtin ſelbſt ſcheint dies Verhältniß anzudeuten:
  Ecclesiae Dunemundensis grex hunc tumulandum
   Exquirit, cuius ordine vinctus erat.

kommene Würde, die den Charakter als Mönch nimmer aufhob. Das Kloster hatte einen ungleich höheren Anspruch auf seinen Mönch, als das Bisthum auf seinen Bischof [37]). So zwingt Nichts der Aenderung Winkelmanns beizupflichten; die handschriftliche Ueberlieferung ist ihr keineswegs günstig; wegen des Metrums ist sie vollends zu verwerfen, und auch die anderen soeben erörterten Umstände scheinen die Verwerfung nur zu empfehlen.

---

[37]) Winkelmann entscheidet sich in der Wahl zwischen Hamburg und Utrecht für Ersteres, eben weil Bernhard's Name im Nekrolog des bremisch-hamburgischen Stiftes sich findet. Doch läßt sich dieser Umstand ja auch dadurch erklären, daß Bernhard in Bremen-Hamburg eine allbekannte Persönlichkeit war: er hatte den Sohn zum Erzbischof von Bremen-Hamburg geweiht: auf seiner Weise nach und von Livland wird er beide Städte oft berührt haben.

Nachträge und Berichtigungen.

Im Allgemeinen habe ich zu bemerken, daß einige einschlagende Werke im Herbste 1868, da ich die Arbeit der Redaktion übersandte, noch nicht erschienen waren. Für die livländischen Verhältnisse kommen in Betracht: eine Uebersetzung der Chronik Heinrichs von Lettland, die Ed. Pabst nach der Pergament=Handschrift des Grafen Zamoyski besorgt und mit werthvollen Anmerkungen begleitet hat; ferner eine Arbeit von R. Hausmann, die das Ringen der Deutschen und Dänen um den Besitz Estlands behandelt. Was Bernhards Thätigkeit in Deutschland angeht, so hat sich mir ergeben, daß die bezüglichen Angaben Gobelins auf eine ältere, ziemlich gleichzeitige Quelle zurückgehen, nämlich auf eine Fortsetzung der paderborner Annalen. Vgl. darüber Scheffer = Boichorst Annales Patherbrunnenses, eine Quellenschrift des 12. Jahrhunderts*).

An Einzelheiten bitte ich zu berichtigen oder nachzutragen:
Seite 13 Anmerk. 21 Zeile 5 lies: Da aber Wibukind, weil er
Seite 22 Zeile 14 lies: ihnen statt: ihn
Seite 34 Anmerk. 85. Für die Angabe Gobelins oder vielmehr der paderborner Annalen bietet mir Herr Prof. Stumpf einen Beleg: In Friedrichs I. ungedruckter Urkunde d. d. 1176 Juli 29 Papiae ap. stum · Salvatorem erscheint Hermannus Monasteriensis episcopus als Zeuge.
Seite 42 Anmerk. 108 Zeile 4. Nur Meibom's Druck liest: in die Juda; die von mir eingesehenen Handschriften haben inde. Aus einem zweimal geschriebenen inde entstand wohl Meiboms Verlesung. Damit fällt dann ein Hauptmoment für die Untersuchungen in Anmerk. 100 und 110.

---

*) Eine neue Ausgabe des Lippeflorium besorgt mein verehrter Freund Georg Laubmann. Wie man aus seiner Arbeit ersehen wird, habe ich Seite 5 Anmerk. 1 mehrere Verse mit Unrecht als Varianten bezeichnet.

Seite 43 Anmerk. 110 Zeile 7 lies: Germ. XVI.

Seite 61 Anmerk. 156. Daß die hier nach Erhards Vorgange verdächtigte Urkunde doch echt sei, habe ich Annales Patherbr. 178 Anmerk. 2 gezeigt. Also war auch Bernhard auf jenem Hofe, den Erzbischof Philipp hielt, um sich seiner Bischöfe und Lehnsleute zu versichern. Vgl. darüber Scheffer-Boichorst Friedrichs I letzter Streit mit den Päpsten 131 flg.

Seite 69 Anmerk. 177 Zeile 3 lies: vgl. S. 70 Anmerk. 182.

Seite 71 Anmerk. 185. Hier, wo die Annahme Winkelmann's, daß Bernhard schon 119$^4/_5$ die Regierung seinem Sohne Hermann übergeben habe, — wo nur diese Annahme zu widerlegen war, unterbricht Herr Rump meine Darlegung, indem er zu zeigen sich bemüht, daß Winkelmanns Versuch, aus einer der Urkunden, welche Bernhards Sohn 119$^4/_5$ als regierenden Herrn erweisen sollen, die Abreise Bernhards nach Livland zeitlich zu bestimmen, jeden Haltes entbehre. Das hätte erst bei der Erzählung von Bernhards erster Livlandsfahrt gezeigt werden müssen, also Seite 79 Anmerk. 205; und da meine ich würde die Verständlichkeit nicht gerade gelitten haben, wenn Herr Rump den Wortlaut meiner Beweisführung beibehalten hätte. Diese lautete: «Winkelmann hat aus der Urk., worin Hermann von der Lippe für sich und seinen abwesenden Vater einen Tausch des Klosters Liesborn gutheißt, die Folgerung gezogen, daß Bernhard abgedankt habe. Die Unrichtigkeit dieser Folgerung habe ich schon erwiesen, nämlich aus dem Umstande, daß Hermann ja nicht blos für sich, sondern auch für seinen Vater zustimmt, daß aber ein Herrscher, der schon abgedankt hat, zu Regierungsakten seine Zustimmung eben nicht mehr zu ertheilen pflegt. Doch Winkelmann ist nun einmal entgegengesetzter Ansicht, und weil wir anderweitig wissen, daß Bernhards Abdankung seiner ersten Livlandsfahrt vorausging, so folgert er aus der Urk. weiter, daß Bernhard zur Zeit ihrer Ausstellung in Livland war. Die erwähnte Abwesenheit kann sich nicht durch irgendwelche Abhaltung, durch die bekannte Krankheit Bernhards erklären: Bernhard muß in Livland sein. Damit nicht genug; die Urk. läßt sich auch verwerthen, um ganz genau die Zeit der Abreise zu bestimmen. Denn in den ersten Tagen des Juli finden wir Bernhard noch in Paderborn; da er aber nach unserer Urk. 1194 nicht mehr in Deutschland ist, so muß die Urk. nach Juli 1194 ausgestellt sein, Bernhard selbst nach dieser Zeit Deutschland verlassen haben. Glücklicher Weise hat die Urk. auch eine Indiktion, wonach sie jedenfalls vor dem 1. oder 24. September ausgestellt ist. Mithin ist Bernhard ohne Zweifel zwischen Juli und September 1194 abgereist. So Winkelmann. Nur schade, daß ein Blick in die Urk. seine schöne Berechnung zerstört, wie der Athem ein Kartenhaus. Die Urk. hat nämlich das Datum: in epiphania domini, d. h. am 6. Januar. Doch Winkelman mag sich trösten; er kann jetzt, nur einfach die Berechnung umkehrend, in seiner Weise folgern: am 6. Januar billigt Hermann von der Lippe für sich und den abwesenden Vater einen Tausch; weil er denselben auch für den abwesenden Vater billigt, muß der Vater abgedankt haben, weil die Abdankung der Reise nach Livland vorausging, und die in der Urk. erwähnte Abwesenheit sich nur auf eine Reise nach Livland beziehen kann, also weilt Bernhard am 6. Januar 1194 in Livland. Im Juli finden wir ihn wieder in Paderborn; « es bleibt mithin kein Zweifel, daß zwischen Januar und Juli die Rückreise erfolgte. » Das möchte für Jedermann deutlich sein; die Darlegung des Herrn Rump wird man erst verstehen, wenn man über Winkelmanns Beweisführung sich aus dessen Schrift selbst unterrichtet hat.

Seite 76 Zeile 6 und 7 lies: seinen Lehnstuhl.

Seite 76 Anmerk. 200 Zeile 2 statt cogit lies: coepit.

Seite 79 Anmerk. 205. Vgl. den Nachtrag zu Seite 71 Anm. 185.

Seite 82 Anmerk. 212 Winkelmann a. a. O. 52 Anmerk. 3 macht geltend, daß Bernhard einem Grafen vorausgehe, daß der Graf aber nicht dem Edlen nachgesetzt werden könne, daß Bernhard hier also den Geistlichen beizuzählen sei. Jedoch dieser Graf ist eigentlich kein Graf; er ist der Stadtgraf von Paderborn, der stets unter den Edlen genannt wird, meist sogar an letzter Stelle. 3. B. Cod. dipl. Westf. II. 184, 201 und 252.

Seite 95 Anmerk. 237 Zeile 1 lies: vgl. S. 101 Anmerk. 254 und S. 107 Anmerk. 269.

Seite 101 Anmerk. 252 Zeile 1 lies: S. 100 Anm. 249.

Seite 103 Zeile 27 ergänze nach »vertraten« als Anmerkung: »Vgl. z. B. die genauen, den livischen Geschichtsforschern entgangenen Notizen bei Jongelinus Notitiae abbatiarum ord. Cisterc. 2, 36=37. Lindeborn Hist. ep. Daventriens. 91. 264. 515 520. J. H. Schulte Mittheilungen über das Stift Freckenhorst 81.

Seite 105 Anmerk. lies: Clerum, qui peragat munia sacra deo etc.

Seite 109 Zeile 6 lies: hinab statt hinauf.

Seite 132 Zeile 6 ergänze nach »geweiht werden« als Anmerkung: »Winkelmann a. a. O. 34 Anmerk. 1 meint zwar, auch Justin lasse seinen Helden in Deutschland geweiht werden. „Ad patriam laetus vir sacer ille redit" heiße Bernhard sei nach Westfalen zurückgekehrt. Aber man beachte doch nur die folgenden Worte: „Patris ad adventum laetatur patria, gaudet — Grex sacer, exsultat clerus, amicus ovat, — Hostis formidat, metuit gens perfida, luget — Natio gentilis etc. Also weil Bernhard im äußersten Westen Deutschlands geweiht wird, zittern die Heiden im Osten? Weiter konnte Bernhard nur mit Bezug auf sein livisches Kloster pater genannt werden. Dessen pater heißt er denn auch V. 784. 905. Dem entsprechend ist grex sacer hier, wie in V. 780. 820. 903, die Mönchschaft von Dünamünde. Endlich heißt V. 787, 788: „Ecclesiae propriae sic providet, ut generale — Praesidium patriae non minus esse velit" doch nicht etwa, Bernhard habe für seine Kirche so gesorgt, daß sie ein Schutz für Westfalen geworden, sondern es heißt: für ganz Livland.«